तसनीफ़ हैदर

तसनीफ़ हैदर का जन्म 17 जनवरी, 1986 को वसई गाँव, महाराष्ट्र में हुआ। 2005 में सपरिवार दिल्ली में बस गए। उन्होंने जामिया मिल्लिया इस्लामिया से उर्दू में एम.ए. किया और तीन वर्षों तक रेख़्ता फ़ाउंडेशन से भी जुड़े रहे। 2015 में उन्होंने 'अदबी दुनिया' नाम से उर्दू का अदबी ब्लॉग बनाया जिस पर बहुत से उर्दू अदीबों की कहानियाँ, शायरी और इंटरव्यू प्रकाशित होते रहे। 2016 में 'अदबी दुनिया' के नाम से ही उन्होंने उर्दू का पहला ऑडियो-बुक चैनल यू-ट्यूब पर बनाया। 2015 में उनकी शायरी की किताब 'नए तमाशों का शहर' छपकर सामने आई। उर्दू में उनका उपन्यास 'नया नगर' 2021 में प्रकाशित हुआ। उर्दू कहानियों के दो संकलन 'मसरूफ़ औरत' और 'सूखे सावन' प्रकाशित हो चुके हैं। 'और' नाम से उर्दू की एक पत्रिका भी निकालते हैं, जिसके ज़रिये वे हिन्दी के समकालीन साहित्य को उर्दू के पाठकों तक पहुँचाने का काम कर रहे हैं।

ई-मेल : sayyed.tasneef@gmail.com

अजय नेगी

अजय नेगी का जन्म 3 नवम्बर, 1998 को फ़रीदाबाद, हरियाणा में हुआ। मनोविज्ञान में स्नातक करने के बाद उन्होंने जामिया मिल्लिया इस्लामिया, नई दिल्ली से पत्रकारिता की पढ़ाई की। फ़िलहाल इन्दिरा गांधी राष्ट्रीय मुक्त विश्वविद्यालय (इग्नू) से हिन्दी में स्नातकोत्तर कर रहे हैं। उन्होंने मंटो के ख़तों की किताब 'आपका मंटो' का लिप्यन्तरण किया है। रियाज़ ख़ैराबादी की चुनिन्दा शायरी पर काम किया है जो 'शब-ए-ग़म की सहर नहीं होती' के नाम से प्रकाशित है।

नया नगर

तसनीफ़ हैदर

अनुवाद

अजय नेगी

राजकमल पेपरबैक्स

राजकमल पेपरबैक्स में
पहला संस्करण : 2025

राजकमल पेपरबैक्स : उत्कृष्ट साहित्य के जनसुलभ संस्करण

राजकमल प्रकाशन प्रा. लि.
1-बी, नेताजी सुभाष मार्ग, दरियागंज
नई दिल्ली-110 002
द्वारा प्रकाशित

शाखाएँ : अशोक राजपथ, साइंस कॉलेज के सामने, पटना-800 006
पहली मंजिल, दरबारी बिल्डिंग, महात्मा गांधी मार्ग, प्रयागराज-211 001
1, अनमोल सोराबजी सन्तुक लेन, धोबी तलाव, मरीन लाइंस, मुम्बई-400 002
वेबसाइट : www.rajkamalprakashan.com
ई-मेल : info@rajkamalprakashan.com

विकास कम्प्यूटर एंड प्रिंटर्स
ट्रॉनिका सिटी-201 102
द्वारा मुद्रित

मूल्य : ₹250

NAYA NAGAR
Novel by Tasneef Haidar
Translated by Ajay Negi

ISBN : 978-93-6086-179-7

उन दुखों के नाम
जिन्हें ग़ज़ल बयान
नहीं कर पाई

शायरी जैसी सिफ़त मुझमें कहीं पाई गई
इसलिए मुझसे मेरी ज़ात न दुहराई गई

—तसनीफ़ हैदर

उद्यान-वीथियों को छोड़कर बीहड़ वन में रास्ते निकालने का काम अभी उर्दू कवि ने नहीं किया है।

ग़ज़ल पर्फ़ार्मेंस है, बज़्म की चीज़ है, बैठा हुआ प्रत्यक्ष सामाजिक माँगती है।

—कवि-मन : अज्ञेय

1

नजीब बहुत देर से बैठा एक फड़कती हुई धुन सुने जा रहा था। मौसीक़ी के तारों पर कहीं-कहीं किसी शख़्स की ऊबड़-खाबड़ और बेसुरी तान गूँज रही थी, मगर वो समझ सकता था कि यही वो जगह है जहाँ इस बेसुरी और अटकलपच्चू तान की जगह अल्फ़ाज़ भरने हैं। सामने दीवार पर तकिये की मदद से टेक लगाए, चूड़ीदार पाजामा और नफ़ीस कुर्ता पहने एक छरहरे बदन का जवान बैठा था। वो नीम-दराज़ था और उसने अपनी एक टाँग की एड़ी को दूसरी टाँग के घुटने पर इस तरह सजा रखा था कि बीच में उभरने वाले हवाई त्रिकोण से उसके गम्भीर माथे पर उभरने वाली शिकनें साफ़ तौर पर देखी जा सकती थीं। बराबर में धूल में धँसा हुआ एक सोफ़ा रखा था, जिस पर रखे हुए बड़े साइज़

के कुशन अपने कवर समेत इतने पुराने हो चुके थे कि उनके वजूद काले कीट हो गए थे। दीवारों पर यूँ तो गुलाबी रंग का पेंट था, मगर पुराना होने की वजह से पलस्तर कई जगहों से उधड़ चुका था, पैवंद के लिए कहीं-कहीं दीवार पर अख़बार के तराशे लगे हुए थे, मगर उन पर मौजूद ख़बरों को तो क्या, सुर्ख़ियों को भी महज़ बहुत क़रीब से ही पढ़ा जा सकता था। कमरे की फ़ज़ा बोझल थी। नजीब जानता था कि ताइर अमरोहवी की ये ध्यान-मुद्रा बनावटी है, वो थोड़ी देर कोशिश करने के बाद पाँचों उँगलियों में कसकर पकड़ा हुआ टेप-रिकॉर्डर उसकी तरफ़ बढ़ाते हुए कोई बे-तुका हास्य से भरा जुमला कसेगा। ये जुमला उसके सर पर लगी एक टूटी-फूटी रैक में रखी मुश्ताक़ अहमद यूसुफ़ी की किताब 'आब-ए-गुम' से दूर का वास्ता भी न रखता होगा, मगर इस तरह ताइर अमरोहवी अपनी ज़ख़्मी और बोसीदा हँसोड़ तबीयत को कुछ तसकीन दे लेगा।

ताइर अमरोहवी यही करता था। इस छोटे से छह बाई आठ के फ़्लैट में, जो कि ग्राउंड फ़्लोर पर मौजूद था, वो अक्सर नजीब को अपने साथ ले आता। और जब ताज़ा आमलेट से उसकी ख़ातिरदारी करता तो नजीब समझ जाता कि वो उससे कुछ लिखवाना चाहता है। मगर ताइर अमरोहवी कभी भी सीधे मुँह अपना मुद्दा बयान नहीं करता था। पहले घंटे-भर ऊल-जलूल कुछ न कुछ हाँकता रहता। 'आब-ए-गुम' के पढ़े और सुनाए हुए सौ बार के क़िस्सों को अपनी ज़बान में दोहराता। उसके पास पाकिस्तानी रिसालों के दो बहुत मोटे नज़्म नम्बर भी थे, जो रैक के ऊपरी हिस्से पर लगे रहते। वो उनमें मौजूद नस्री नज़्म को चुराकर अपने नाम से दोस्तों को सुनाया करता, मगर उसका उन्हें पेश करने का ढंग ये था कि अक्सर वो दो नज़्मों के अलग-अलग मिसरों को जोड़कर, उस मलग़ोबे को

एक नया नाम दे देता और उस नई नज़्म को अपनी शायराना ईजाद क़रार देता। ताइर अमरोहवी शायर नहीं था, उर्दू-दाँ भी नहीं था, लखनवी भी नहीं था, मगर उसने अपनी वेशभूषा ऐसी बना रखी थी कि उससे मिलने वाला कोई भी शख़्स उसे और कुछ समझ भी नहीं सकता था। मसअला ये भी था कि अगर उसे और कुछ समझा भी जाए तो फिर किस ख़ाने में फ़िट किया जाए, क्योंकि बात वो ग़लत ज़बान के साथ ही सही मगर ख़ालिस लखनवी लहजे में करता। पान खाकर इधर-उधर चाहे थूक दे, गुटका ही क्यों न चबाता पाया जाए मगर कपड़ों को इस्त्री किये बग़ैर कभी न पहनता, आँखों पर चतुर्भुज आकार के ग्लासेज लगाता, बाल घुँघराले ही सही मगर एक नफ़ीस अन्दाज़ से कटे हुए होते और पाँव में होती एक जोड़ी मोझड़ी। ये सब ख़ूबियाँ ऐसी थीं कि वो बाहर से तो कोई पैदाइशी शायर, आला ख़ानदान का चश्म-ओ-चिराग़ और साहिब-ए-ज़बान समझा ही जा सकता था। बहरहाल, समझा जाए या न समझा जाए। बम्बई की फ़िल्मी नगरिया में उसे जूते घसीटते ज़्यादा बरस न हुए थे कि पहले पैरोडियाँ, फिर कुछ घिसे-पिटे टी.वी. ड्रामे और अब एक बड़े बजट की फ़िल्म के गाने लिखने के लिए मिल गए थे। इस फ़िल्म के गाने जिस रोज़ उसे मिले थे, नया नगर के चौक पर बने आज़म रेस्टोरेंट के बाहर बिछी हुई लकड़ी की बेंच पर बैठकर उसने नजीब के कन्धे पर हाथ रखकर कहा था—

"ये सामने देखिए नजीब मियाँ, क्या इन आती-जाती गाड़ियों में गुज़रने वाले लोगों को, इस भीड़ को, इस रेस्तराँ में खाने वालों को, बल्कि उसके मालिक को भी ये अन्दाज़ा होगा कि इस वक़्त, यानी ठीक इस लम्हे इन लोगों के दरमियान कौन शख़्स बैठा है। एक जल्द ही बहुत मशहूर होने वाला फ़िल्म राइटर, सॉन्ग राइटर।

अच्छा छोड़िए इन लोगों को, मैं तो ये ख़याल करता हूँ (उसने हाथ से हँसी दबाते हुए कहा) क्या इस वक़्त यूरोप के किसी मुल्क का कोई बाशिंदा ये तसव्वुर कर सकता है कि हमारे यहाँ के नग़्मा-निगारों का बम्बई जैसे शहर में ये हाल है कि साइनिंग अमाउंट मिल चुका है, एक बड़ी फ़िल्म इस वक़्त हाथ में है, लेकिन वो साधुओं की तरह, एक धूल उड़ाती सड़क पर अपने एक सीधे-साधे उर्दू-दाँ दोस्त के साथ बैठा गप्पें हाँक रहा होगा। अरे...मेरा मतलब वो तो यही सोच रहे होंगे न कि ऐसा आदमी तो बँगले में ठाठ से रहता होगा, आते-जाते लोग उसके पास ऑटोग्राफ़ के लिए ठहर जाते होंगे, और वो अपनी फ़िक्र में गुम, अपनी महँगी गाड़ी से जब क़दम बाहर निकालता होगा तो मंज़र बिलकुल किसी फ़िल्मी दुनिया की तरह घूमकर उसकी पीठ से चेहरे की तरफ़ आता होगा, बैकग्राउंड में तालियों का शोर उभरता होगा, सीटियाँ बजती होंगी और लोग इशारे कर-करके एक दूसरे को दिखाते होंगे, कि वो देखो, वो रहा ताइर अमरोहवी।"

इसी बेंच और इससे लगी दूसरी बेंचों पर कई दूसरे लोग भी बैठते थे, जिनमें कुछ रिटायर्ड बैकग्राउंड आर्टिस्ट, नाकाम मौसीक़ार, स्वघोषित स्टोरी नैरेटर और थोक के भाव में आनेवाले कल के ख़्वाब आँखों में पाले हुए हिन्दोस्तान के अलग-अलग कोनों से आए हुए स्ट्रग्लिंग एक्टर्स भी मौजूद होते थे। नया नगर में रोज़ाना कोई फ़िल्म बनती थी, काग़ज़ पर इसकी पूरी स्क्रिप्ट तैयार हो जाती थी, किसी प्रोडक्शन हाउस से बात भी तय हो जाती थी, किरयाने, रेस्तराँ या कभी-कभार मकानों के मालिक हज़रात भी प्रोड्यूसर बन जाते थे। बात अटकती फ़िल्म की कास्टिंग पर, जिसमें शुरुआत ही मशहूर अभिनेताओं जैसे अमिताभ या शाहरुख़ से होती, मगर धीरे-

धीरे बजट के मसअले को सामने रखते हुए साथ ही चाय पीने वाले किसी मुस्तक़ीम या नज़ीर को ये रोल ऑफ़र किया जाता, जिसे वो अपनी ज़िन्दगी का सबसे पहला सुनहरा मौक़ा जानकर उचक लेता। बात कुछ देर हीरोइन पर अटकी रहती। किसी उर्दू रिसाले का एडिटर फ़िल्म का चूँकि डायरेक्टर भी है, इसलिए तहज़ीब का ख़याल करते हुए कई सेक्सी सीन पहले तो काग़ज़ पर ही सेंसर कर दिये जाते, फिर ख़ैर ले-देकर कोई जान-पहचान की लड़की हिचकिचाते हुए हीरोइन का रोल क़ुबूल कर लेती। साइनिंग अमाउंट के तौर पर हीरो-हीरोइन को कटिंग के साथ ख़स्ता नान ख़ताइयाँ खिलाकर एक दफ़ा फिर से कहानी सुनाई जाती। डायरेक्टर साहब कहानी सुनाते, कई दफ़ा रुकते, ख़ला में देखते, ख़ामोश हो जाते, और फिर कुछ सोचकर किसी-किसी मंज़र को बिलकुल बदलकर कहानी को थोड़ा पीछे ले जाते और सिचुएशन बदलकर नए सिरे से कहानी शुरू करते। इस पर राइटर का हालाँकि मुँह बनता मगर वो डायरेक्टर के संजीदा चेहरे और गहरे तजुर्बे के आगे अपना एतिराज़ रखने से बेहतर यही समझता कि इस वक़्त ग़ुस्से का घूँट गर्म चाय समेत निगल लिया जाए।

ये सब पड़ाव तय होता तो फ़िल्म की लोकेशन, बाक़ी की कास्टिंग, बजट सब कुछ उसी वक़्त काग़ज़ पर लिखे जाते। प्रोड्यूसर कौन होगा, आर्ट डायरेक्शन कौन करेगा, कोरियोग्राफ़ी वग़ैरह की ज़िम्मेदारियाँ कौन सँभालेगा और इन सब झंझटों के बाद फ़िल्म की डबिंग और एडिटिंग का मरहला कैसे तय होगा। बहरहाल ये सारे झगड़े मेहनत से निपटाए जाते और फिर अगले महीने फ़िल्म के फ़्लोर पर जाने की बात तय होती। मुहूर्त कब होगा, कौन नारियल फोड़ेगा और इसके लिए किस सेलिब्रिटी को बुलाया जाएगा, ये

सवाल चर्चा का विषय बन जाते। बात फिर वही अमिताभ वग़ैरह से शुरू होती। मगर भीड़ और बिन-बुलाए मेहमानों के खान-पान का ख़र्च बढ़ जाने के झंझट से बचने के लिए यही तय होता कि मुहूर्त पर नारियल प्रोड्यूसर से ही तुड़वाया जाए। अभी ये बात हो ही रही होती कि उर्दू मैगज़ीन के एडिटर को जो कि अच्छे-ख़ासे मुसलमान भी हैं, ये ख़याल जकड़ लेता कि नारियल-वारियल को तोड़ना-तुड़वाना हिन्दुआना रस्म है, और क्या अच्छा लगता है कि एक फ़िल्म जिसमें सारे मुसलमान भाई-बहन मिलकर काम कर रहे हैं, उसकी शुरुआत नारियल तोड़ने-फोड़ने की ग़ैर-इस्लामी रस्म से हो। मगर फिर बात ये आ जाती कि ये रस्म तो बॉलीवुड के शुरू होने से चली आ रही है, चुनाँचे इसे त्यागना ठीक नहीं, कहीं कोई ख़बर ही न बन जाए। एक सलाह ये दी जाती कि मुहूर्त के बग़ैर ही फ़िल्म की शूटिंग क्यों न शुरू कर दी जाए। लेकिन तभी इस फ़िल्मी बहस में हिस्सा लेने वाला एक्टर भरपूर जोश से कहता।

"अरे नहीं भाई, मेरी पहली फ़िल्म है। आप लोग तो सब ठहरे दिग्गज, दुनिया जहान की फ़िल्में बनाए बैठे हैं। यहाँ पहली-पहली फ़िल्म है, मुहूर्त भी न हुआ तो माँ को ख़त लिखकर क्या ख़ाक बता पाऊँगा कि फ़िल्म बन रही है। मेरे लिए तो फ़िल्म बनने से ज़्यादा मुहूर्त की अहमियत है। फ़िल्म बने न बने, मगर मुहूर्त ज़रूर होना चाहिए।"

हीरो का जोश देखकर आसपास के लोग उसकी इस जायज़ ख़्वाहिश पर एक गम्भीर हुंकार भरकर उसे बिठाते हैं। दूसरी राय आती है, फिर तीसरी। लेकिन जो राय सबसे ज़्यादा पसन्द की जाती है, वो फ़िल्म के प्रोड्यूसर की जानिब से आती है। वो कहता है, "क्यों न नारियल फुड़ाई की रस्म के साथ-साथ क़ुरआन-ख़्वानी भी

करा दी जाए। मदरसे के बच्चे आ जाएँगे, हाफ़िज़ जी से मैं बात कर लूँगा, अरे यही कोई घंटा-डेढ़ घंटा लगता है।"

सभी ख़ुशी से इस राय का इस्तक़बाल करते और मुहूर्त के दिन और सामग्री को सिरे से एक नए काग़ज़ पर लिखा जाता है। रात को अँगड़ाई लेते हुए जब ये फ़ौज रेस्तराँ से उठती है तो अगले महीने-दो महीने बाद जिस फ़िल्म का मुहूर्त होने वाला है, उसका ज़िक्र यूँ बढ़-चढ़कर होता, जैसे वो 'मुग़ल-ए-आज़म', 'पाकीज़ा', 'शोले' या 'डी.डी.एल.जे.' की तरह पर्दे पर आकर, अपना जलवा दिखाकर एक यादगार फ़िल्म बनकर लोगों के सीनों में महफ़ूज़ हो गई है। सारी शाम इस गम्भीर गुफ़्तुगू के बीच किसी को ये ख़याल ही नहीं आता कि अभी सबसे अहम पड़ाव तो बाक़ी है और वो ये है कि फ़िल्म के डायरेक्टर ने अभी स्क्रिप्ट के स्क्रीन-प्ले और डायलॉग्स को ओके नहीं किया है। इसलिए जब अगली शाम, इन्हीं बेंचों पर ये फ़ौज फिर जमा होती है तो लोग देखते हैं कि डायरेक्टर, राइटर के पास बैठा है और उसे स्क्रिप्ट पर लगे लाल निशानों के ज़रिए बताता जा रहा है कि कहाँ-कहाँ स्क्रिप्ट ढीली है, कौन-सी जगहों पर ग़लत शब्दावली लिखी है, और कहाँ संवाद बिलकुल बे-जान और बे-नमक मालूम हो रहे हैं। सबसे ज़्यादा ज़ोर होता 'विराम चिह्नों' पर। डायरेक्टर साहब बताना तो शुरू करते इस नुक़्ते से कि बग़ैर पंक्चुएशन के डायलॉग्स लिखने की वजह से हीरो, हीरोइन या कोई भी दूसरा किरदार किस तरह समझेगा कि किसी संवाद को अदा करते वक़्त कहाँ रुकना है, कहाँ ज़ोर देना है, कहाँ कुछ पूछना है और कहाँ बात ख़त्म करनी है। फिर वो समझाने लगते कि लिखे हुए की ऐसी ख़ूबियों को समझने के लिए लेखक श्रीमान को उनका रिसाला पाबन्दी से पढ़ना चाहिए कि उसमें जो तहरीरें छपती हैं,

उनमें सम्पादक का सबसे अहम काम यही होता है कि वो तहरीरों में कोमा, सम्पूर्ण विराम, प्रश्नचिह्न और विस्मयादिबोधक चिह्न सही जगहों पर लगाता है। अगर ये न हो तो अदबी लेखों की अहमियत ही क्या रह जाएगी, क्योंकि अदब की तख़्लीक़[1] तो बग़ल में मौजूद 'क़ासिम हेयर कटिंग सैलून' का क़ासिम हज्जाम भी कर लेता है और बहुतों-से अच्छी करता है।

क़ासिम हज्जाम की दुकान का ज़िक्र-ए-ख़ैर यहाँ इसलिए भी ज़रूरी था कि वो नया नगर के अदीबों, शायरों और अदीब-ओ-शायर बनने के प्रोसेस में टँगे हुए लोगों का अड्डा भी था। वहाँ बाल कटवाने वाले दो क़िस्म के लोग होते थे, एक शायर, दूसरे आम लोग, जिनमें आम लोगों की तादाद कम थी, शायरों की ज़्यादा। फिर क़ासिम हज्जाम को सबकी ख़बर थी। किसने नया नगर में कब शेर कहना शुरू किया, किसकी शेर-गोई की बिस्मिल्लाह किस उस्ताद ने कौन-से दिन, कैसी नशिस्त में करवाई। यहाँ तक कि उसे ऐसे ख़ास दिनों पर बाँटी जाने वाली मिठाइयों का भी इल्म होता था। वैसे नया नगर में क़िस्म-क़िस्म के उस्ताद थे। शायरी में कुछ ख़ासे रूढ़िवादी और कुछ आधुनिकता से मुतास्सिर। रूढ़िवादियों का तो वही रोना था कि ज़बान सीखो, दाग़, मीर, ग़ालिब सबको चाट जाओ, तग़ज़्ज़ुल[2] को बरक़रार रखो, कोई मिसरा ख़्वाब में भी बे-बहर न हो, रोज़मर्रा, मुहावरा, कहावतें वग़ैरह-वग़ैरह। अल-ग़रज़ इतना खटराग था कि इधर नौजवानों ने ऐसे उस्तादों से कन्नी काटनी शुरू कर दी थी। ख़ुद नजीब के वालिद भी कम उस्ताद आदमी नहीं थे। हालाँकि नया नगर में बसे अभी उन्हें दो बरस भी नहीं हुए थे मगर

1. रचना।
2. ग़ज़ल में रूमानियत का रंग।

वो क़ासिम हज्जाम समेत कई दूसरे दर्ज़ी, क़साई, कारपेंटरों, ब्रोकरों और दो-एक बिल्डरों तक के उस्ताद थे। हालाँकि किसी से कुछ लेते-लवाते नहीं थे। मगर जब किसी को शागिर्द बनाते तो एक ख़ास नशिस्त आयोजित करवाई जाती, जिसमें पहले तो अल्लाह तबारक-ओ-तआला का मुबारक कलाम पढ़ा जाता, फिर एक नात तरन्नुम से झूम-झूमकर गाई जाती। महफ़िल में मौजूद लोग इस मुक़द्दस माहौल से जैसे ही बाहर निकलते, उस्ताद अपने शागिर्द की पीठ पर हाथ फेरते, उसकी तारीफ़ में कुछ घिसे-पिटे जुमले कहते मगर ऐसी जज़्बाती शिद्दत से कि दरमियान में ही उनका गला रुँध जाता। अपनी रुआँस रोकने के लिए मजीद साहब (नजीब के वालिद) अक्सर बालों के पीछे की तरफ़ दाएँ हाथ की चार उँगलियों को तेज़ी से घिसते, कुछ धीरज होता तो फिर बोलना शुरू करते और आख़िर में शागिर्द से उसकी नई ग़ज़ल सुनाने का धीमी आवाज़ में परवाना जारी करते। शागिर्द तरन्नुम से पढ़ेगा या तहत[1] से, इसका फ़ैसला भी वही करते थे। किसी का लहन-दाऊदी[2] होता तो उसे तरन्नुम से ज़रूर पढ़वाते, कोई भारी-भरकम आवाज़ वाला होता तो उसे न सिर्फ़ तहत से पढ़ने की सलाह देते बल्कि बाक़ायदा पढ़ना सिखाते। मजीद साहब बस यही काम करते थे, और इस काम के कोई पैसे न लेते थे। दूसरा पार्टटाइम काम उनका यही था कि सुबह से कभी किसी बिल्डर के ऑफ़िस में बैठे हैं, शागिर्दों का ग्रुप मौजूद है। बिल्डर कुछ मसरूफ़ है, कुछ बेकार। अदब पर उनकी बातें भी सुन रहा है और साथ ही साथ किसी डील पर ब्रोकर या क्लाइंट से बात भी करता जा रहा है। उन्हीं में से एक बिल्डर ने मजीद साहब को नया

1. बग़ैर गाए पढ़ना।
2. गला सुरीला होना।

नगर में एक मुनासिब-सी बिल्डिंग में घर दिलवा दिया था। मकान का किराया यूँ तो अठारह सौ था, मगर मजीद साहब के पास इन अठारह सौ रुपयों का कोई ज़रिया न था इसलिए शुरू-शुरू में तो चार-पाँच महीने शागिर्दों, दोस्तों और क़र्ज़दारों की इनायत से किराया दिया गया, मगर इधर क़रीब तीन महीनों से किराए की रक़म नहीं दी गई थी, चौथा महीना जारी था। मकान मालिक दूसरे महीने में अदब से निवेदन कर चुका था, तीसरे महीने से उसने हल्की-सी आँखें भी तरेर ली थीं और अब चौथे महीने बा-क़ायदा घर बाहर कर देने की धमकी पर उतर आया था। नया नगर में हर साल एक मुशायरा होता था, जिसमें स्थानीय शायरों को भी अच्छे-ख़ासे पैसे मिल जाया करते थे, इसमें मजीद साहब को बुलाया जाना था। मगर अभी इस मुशायरे में अव्वल तो छह माह बाक़ी थे, दूसरा ये कि मुशायरे के कन्वीनरों में जो शख़्स पेश-पेश था, वो थे यूसुफ़ जमाली, जिनका अपना एक पीले रंग का पी.सी.ओ. था, जिसमें अन्दर की तरफ़ वो ख़ुद बैठते थे और बाहर की तरफ़ सुबह से शाम तक फ़ोन करने वालों के साथ-साथ उनके शागिर्दों का ताँता लगा रहता था। वो ख़ुद मजीद साहब से पीठ पीछे इसलिए भिन्नाए रहते थे कि उन्होंने न सिर्फ़ उनके बहुत-से शागिर्दों को हथिया लिया था बल्कि मुफ़्त-ख़ोरा भी बना दिया था। चूँकि मजीद साहब कुछ लेते-लवाते थे नहीं और ये ख़बर बड़ी तेज़ी से उड़ती जा रही थी, इसलिए लफ़्ज़-ओ-शेर के नए सौदागर भी यूसुफ़ जमाली की दुकान के बजाय, मजीद साहब के मकान का रुख़ करने लगे थे।

नजीब के अलावा मजीद साहब की तीन और औलादें थीं, जिनमें एक बेटी और दो बेटे थे। बीवी अल्लाह मियाँ की गाय थीं। बोलती-वोलती ज़्यादा नहीं थीं। मगर नया नगर में कई जवानों और

बुज़ुर्गों की सामूहिक 'अम्मी जान' बन गई थीं। मजीद साहब के दो-एक दोस्तों में, जो अक्सर घर आकर घंटों बतियाया करते थे, एक साहब थे, माक़ूल नक़वी। नया नगर शिया-सुन्नी आबादी का मिला-जुला नक़्शा तो था ही। नक़वी साहब यूँ तो शिया कम्यूनिटी से थे, मगर अक्सर अपने हम-मज़हबों को ख़ुद ही उलटा-सीधा कहा करते थे। एक बार उन्होंने इस बात की बड़ी लम्बी-चौड़ी मनोवैज्ञानिक व्याख्या पेश की कि शीयों को खटमल क्यों कहा जाता है। वो ऐसी-ऐसी नई बातें बयान करते, ऐसी दूर की कौड़ियाँ लाते कि मजीद साहब का पूरा परिवार उनके गिर्द दायरा बनाकर बैठता और उनकी बातें सुना करता। उनकी आदत थी कि अपने हाथ से सफ़ेद महीन काग़ज़ में तम्बाकू भर-भर के सिगरेटें सामने तैयार करते जाते और उनके महीन-महीन कश लगाते जाते। उनकी दिलचस्पी के विषयों में ज़्यादातर तारीख़ से जुड़े हुए होते थे। क्लियोपेट्रा की मौत से लेकर नाज़ियों की संग-दिली को यूँ नज़रों के सामने पेंट करते कि सुननेवाला सुनता रह जाए। बस किसी बात पर उन्हें शक था तो कर्बला पर। हालाँकि मजीद साहब की बीवी सुन्नी होते हुए भी इस बात का सख़्त बुरा मानतीं। कई बार दबे लफ़्ज़ों में उन्हें टोकतीं कि ऐसी मनहूस बातें उनके सामने न किया करें। मगर वो क़समें खाकर यक़ीन दिलाते, तारीख़ से गवाहियाँ लाते। बड़े-बड़े उलमा के ऐसे बयान सुनाते, जिनसे ये साबित होता था कि अहल-ए-बैत[1] को जिस पानी बन्दी की वजह से इतना परेशान-हाल बताया गया है, वो तो हुई ही नहीं थी, क्योंकि हिसाब से तो नहर पर पहले इमाम हुसैन के घराने को पहुँचना चाहिए था। इसी तरह वो ये भी

1. पैग़म्बर मोहम्मद का परिवार।

कहते कि कर्बला के जिस 'आशूरा'[1] का इतना ज़ोर है, इस रोज़ तो वहाँ झमझम बरसात हुई थी। मगर 'अम्मी जान' के अक़ीदे का वो बाल बराबर भी नुक़सान नहीं कर पाते थे। अक़ीदे और अक़्ल के दरमियान कोई बारीक फ़ासला तो है नहीं, इतनी चौड़ी खाई है कि दुनिया आज तक न इसे पाट सकी है, न कभी पाट सकेगी। अक़ीदा[2] दुनिया की वाहिद चीज़ है जो नामुमकिन को इनसान की अक़्ल से भी मुमकिन स्वीकार करवा लेती है। यानी किसी शख़्स का अगर ये मानना है कि फ़रहाद ने शीरीं के लिए पहाड़ के दामन से दूध की नहर खोदकर निकाल ही ली थी तो ऐसे इनसान से आप लाख सर पटककर भी ये तक नहीं मनवा सकते कि पहाड़ से दूध की नहर तो क्या बूँद निकलना भी बिलकुल सामने के लॉजिक के हिसाब से नामुमकिन है। माक़ूल नक़वी कभी कर्बला की किसी मजलिस में भी उतना नहीं रोए होंगे, जितनी रोनी सूरत बनाकर वो अम्मी जान को ये सब समझाना चाहते थे, मगर वो टस से मस न होती थीं और मजीद साहब उनके इस अक़ीदे की मज़बूती को देखकर ख़ुशी से मुस्कुराते थे।

एक रोज़ की बात है जब मजीद साहब अपने दो बेटों समेत क़ासिम हज्जाम की दुकान पर बैठे हुए थे। उसकी नई ग़ज़लों पर सरसरी इस्लाह[3] देने के साथ-साथ बाल कटवाने के इच्छुक लोगों में अपनी बारी का इन्तिज़ार भी कर रहे थे। साथ ही बराबर में बैठे एक तजुर्बाकार शायर नाज़िम अब्बासी से मौजूदा अदब पर उनकी बहस भी चल रही थी। बात तो शुरू हुई थी, नया नगर के एक

---

1. मोहर्रम की दसवीं तारीख़।
2. श्रद्धा।
3. कलाम ठीक करना।

नौजवान नॉवेलनिगार से। उसका पहला नॉवेल कुछ ही समय पहले छपकर आया था और ख़ासा बदनाम भी हुआ था, मगर बदनामी की असल वजह नॉवेल में मौजूद फ़ुहाशी[1] से ज़्यादा उससे जुड़ा हुआ एक क़िस्सा था। हुआ ये था कि जोगेश्वरी के किसी मुस्लिम कॉलेज में एक उस्ताद ने उस नौजवान अदीब का नॉवेल अपनी एक पर्दा-दार छात्रा को पढ़ने के लिए दे दिया था। जैसा कि आम तौर पर रिवायत है कि एक दफ़ा उर्दू अदब का छात्र जब लेखक या प्रोफ़ेसर में से कोई एक बन जाता है तो अपने अलावा किसी और को पढ़ने की उसकी दिलचस्पी घटती जाती है। प्रोफ़ेसर साहब ने भी अभी ख़ुद नॉवेल पढ़ा नहीं था, बस एक-दो लोगों से उसकी तारीफ़ सुनकर छात्रा पर ये रोब जमाया कि ये हमारे आज के अदब का एक बेशक़ीमती नॉवेल है, जो उसे ज़रूर पढ़ना चाहिए। चुनाँचे वो बेचारी कुछ नॉवेल और कुछ प्रोफ़ेसर के रोब में आकर अदब पढ़ने के शौक़ से चूर इस नॉवेल को घर ले गई। वो उसे पढ़ती, इससे पहले उसकी अम्मा ने, जोकि ख़ुद नॉवेलों की बड़ी शौक़ीन थीं और अब तक बुशरा रहमान, रज़िया बट, निगहत अब्दुल्लाह और ए.आर. ख़ातून के मोटे-मोटे नॉवेलों को चाट चुकी थीं, बड़े शौक़ से ये नॉवेल भी पढ़ना शुरू किया। अभी पन्द्रह-बीस सफ़्हे ही पढ़े थे कि चौदह तबक़ रोशन[2] हो गए। बेटी से पूछा तो पता लगा कि किताब ख़ुद प्रोफ़ेसर ने दी है। शिकायत के लिए अगले दिन जब वो अपने शौहर समेत कॉलेज के दफ़्तर पहुँची तो वहाँ डीन ने पहला सवाल तो प्रोफ़ेसर से यही किया कि आपने इस नॉवेल का अध्ययन ख़ुद भी किया है? प्रोफ़ेसर साहब ने एक ज़रा गला

1. अश्लीलता।
2. बहुत ज़्यादा हैरान।

साफ़ किया और बोले, "जी हाँ! क्यों नहीं। बड़ा अहम नॉवेल है, इसीलिए मैंने बच्ची को दिया था कि पढ़े और समझे कि समकालीन साहित्य क्या है।" नतीजा ये हुआ कि अगले हफ़्ते प्रोफ़ेसर साहब को कॉलेज से हमेशा के लिए छुट्टी दे दी गई और साथ ही साथ नॉवेलनिगार पर भी नैतिक ऑर्डर क़ायम रखने की एक ज़िम्मेदार संस्था ने एफ़.आई.आर. दर्ज करा दी। फिर वही हुआ जो हमेशा होता है। अदीबों, शायरों और ख़ुद नॉवेलनिगार को भी ये कहने का मौक़ा मिल गया कि देखिए साहब! मौजूदा हुकूमत और ये समाज किस तरह हमारे बोलने, लिखने की आज़ादी को कुचल रहा है। बात उर्दू अख़बारों में इस नॉवेल पर की जाने वाली निंदा से उछली तो अंग्रेज़ी अख़बारों में इसकी हिमायत तक जा पहुँची। जिसने ख़बर पढ़ी उसने हुकूमत और समाज को गाली दी और जिसने नॉवेल पढ़ा उसने नॉवेलनिगार को।

नाज़िम अब्बासी ने ये क़िस्सा सुनाते हुए कहा, "सुना है पाकिस्तान में इस नॉवेल पर बहुत तनक़ीद[1] हुई है।"

मजीद साहब ने फ़रमाया, "हाँ, वो तो होगी ही, वो लोग क्या किसी को घास डालते हैं। मगर आपकी बात से मुझे एक-दो क़िस्से याद आ गए।" मजीद साहब ने ये कहा तो दुकान पर मौजूद तमाम लोग साँसें रोक कर उस्ताद के क़िस्से की तरफ़ आकर्षित हो गए। एक बड़े मियाँ कोने में अख़बार पढ़ने की ऐक्टिंग कर रहे थे, मगर क़िस्सों का ज़िक्र सुनकर अपनी जिज्ञासा छिपा नहीं पाए। पता नहीं शायरी से उनका कोई वास्ता था या नहीं, मगर क़िस्सा के लफ़्ज़ ने उनका दामन ज़रूर खींचा था तभी तो अख़बार तह कर, जल्दी से उत्कंठित हो उठे। दुकान में किसी शख़्स के गाल पर फेरे

1. आलोचना।

जानेवाले उस्तरे की धीमी खचर-खचर के साथ मजीद साहब के अल्फ़ाज़ उभरने लगे।

"ये साठ-वाठ के दौर की बात है। मेरठ के हकीम सैफ़ हर साल नौचन्दी का मुशायरा करवाते थे। उस ज़माने में, बल्कि उससे पहले ही मैं कई रिसालों में बाक़ायदा छपा करता था। माहिर-उल-क़ादरी के 'फ़ारान'[1] में मेरी चीज़ें छप चुकी थीं। नियाज़ फ़तेहपुरी जो लोगों की ग़ज़लें कभी पूरी नहीं छापते थे, उन्होंने भी अपने रिसाले 'निगार' में मेरी दो-तीन मुकम्मल ग़ज़लें छापीं। बड़े-बड़े अदीब बस नाम से जानते थे, कइयों ने चेहरा भी नहीं देखा था। मुझे याद है, उन दिनों जोश साहब के कुछ ख़त भी आए थे। मेरे दोस्त रहीम शाहजहाँपुरी के पास शायद अब भी महफ़ूज़ होंगे वो ख़त। हाँ तो मैं क्या बता रहा था...अच्छा हाँ...तो हकीम सैफ़ के इस मुशायरे में पाकिस्तान से भी कई शायर-वायर आया करते थे। अब एक मुशायरे में मैं भी बुलाया गया था और अहमद फ़राज़ भी। हुआ ये कि अहमद फ़राज़ को जब स्टेज पर आवाज़ दी गई तो वो आए और एक टाँग फैलाकर बैठ गए। मैंने कहा भई! फ़राज़ साहब, ये महफ़िल के आदाब के ख़िलाफ़ बात है। इस तरह मजलिस में नहीं बैठा जाता। अपनी भारी-भरकम आवाज़ में उन्होंने बहाना पेश किया कि उनकी टाँग में तकलीफ़ है। तब मैंने उन्हें शाहजहाँपुर का एक क़िस्सा सुनाया। वो क़िस्सा यूँ है कि हमारे यहाँ एक बड़े रईस आदमी हुआ करते थे, करीमुर्रज़ा साहब। हसरत मोहानी जब भी शाहजहाँपुर आते, उन्हीं के यहाँ रुकते थे। उनकी दौलत के लिए मसल[2] तक मशहूर थी कि 'मर्ज़ी करीम की है करीमुर्रज़ा के

1. पत्रिका का नाम।
2. मिसाल।

साथ'। उन्होंने हमारे यहाँ के इस्लामिया कॉलेज में होने वाले एक मुशायरे की सदारत[1] की। रात-भर मुशायरा चला और जब मुशायरा ख़त्म हुआ तो वो अपने एक नौकर को, जोकि उनके साथ रहता था लेकर कॉलेज की एक क्लास में गए। नौकर लालटेन पकड़े-पकड़े साथ गया, उन्होंने उससे कहा कि अभी मेरा पाजामा खोलो। वो घबराया, सोच रहा होगा कि बड़े मियाँ का दिमाग़ तो नहीं ख़राब हो गया, बहरहाल मरता क्या न करता। उसने पाजामा खोला तो देखा कि अन्दर ये काला बिच्छू करीमुर्रज़ा की टाँग से लिपटा है, पूरी टाँग नीली हो रही है। ये थे वो लोग और ये था उनके महफ़िल के आदाब का आलम। फ़राज़ साहब ने ये क़िस्सा सुना तो शर्मिंदा हुए और टाँग पीछे कर ली।"

नाज़िम अब्बासी ने कहा, "वो दौर ही अलग था। क्या उम्र रही होगी आपकी उस वक़्त।"

"अरे यही कोई सत्रह-अठारह बरस की उम्र थी। मगर उस वक़्त दिल्ली में सब जानते थे। हालाँकि मैं नया-नया वहाँ गया था। मगर उसी साल या उसके आसपास बन्ने भाई[2] ने मुझे लेनिन यादगार मुशायरे में पढ़वाया और (हँसते हुए) सरदार जाफ़री के सामने कहा कि जाफ़री तुम इस लड़के जैसा एक शेर नहीं कह सकते। यही काँटा उनके दिल में हमेशा खटकता रहा और उन्होंने मुझसे कभी सीधे मुँह बात न की। ख़ैर...नस्र[3] बहुत अच्छी थी उनकी।"

नाज़िम अब्बासी ने क़हक़हा लगाया, "हाँ शायरी के मुक़ाबले में तो वाक़ई बहुत अच्छी थी।"

---

1. अध्यक्षता।
2. प्रगतिशील लेखक सज्जाद ज़हीर।
3. गद्य।

नाज़िम अब्बासी अभी कुछ और कहते कि क़ासिम हज्जाम ने बेहद चिन्तनशील लहजे में कहा, "आप लोग जब ऐसे-ऐसे बड़े शायरों को यूँ चुटकियों में उड़ा देते हैं तो बस दिल में एक ही सवाल उठता है।"

पूरा मज्मा सवालिया नज़रों से उसे देखने लगा जैसे पूछ रहा हो, कैसा सवाल?

"यही कि अदब में हमारा क्या होगा?"

2

मजीद साहब के शागिर्दों में इधर कई लोगों का इज़ाफ़ा हुआ था। घर में लड्डू, पेड़े, पान, शालें सबका इज़ाफ़ा होता जा रहा था। बस नहीं थे तो पैसे। नजीब ने कुछ रोज़ तक कूरियर बॉय का काम भी किया, और उसके एक छोटे भाई ने सुपर मार्केट में नौकरी हासिल कर ली। नजीब की तनख़्वाह सात सौ थी और छोटे भाई मुजीब की एक हज़ार। इन सत्रह सौ की आस तो बँधी थी मगर अभी पहाड़ जैसा महीना बाक़ी था और सच पूछो तो नजीब का काम-वाम में दिल लगता नहीं था। उसे लिखने-लिखाने का बहुत शौक़ था। वो भी चाहता था कि उसकी बहुत इज़्ज़त हो, लोग उसे भी शालें उढ़ाएँ, उसके आगे-पीछे मँडराएँ, इज़्ज़त से नाम लें। आदाब-सलाम करते फिरें और सबसे अहम ये कि वो भी उस्ताद

कहलाए। इसी वजह से उसने 'बहर-उल-फ़साहत'[1] की 'पहली जिल्द', 'आईन-ए-बलाग़त'[2], 'हुस्न-ए-बलाग़त'[3] और 'अरूज़-आहंग'[4] और बयान जैसी किताबें बड़े ग़ौर से पढ़ी थीं। शेर तो वो चौथी-पाँचवीं जमाअत से ही कहने लगा था। उसका इन दिनों पसन्दीदा काम ये था कि वो लोगों से मशहूर ग़ज़लों की बहरें और उनके नाम पूछता। जब लोग नाम न बता पाते तो कहता—

"अच्छा इसमें कितने अरकान हैं, यही बता दीजिए।"

इस पर भी वो मुँह ताकते रह जाते और इस छोटे-से बच्चे के इतने ज्ञान पर तारीफ़ी हैरत से उसे देखते तो उसे बहुत सुकून मिलता। दो-चार दफ़ा वो नशिस्तों में मजीद साहब के शागिर्दों को बे-बहर कलाम पढ़ने पर बीच में ही टोक चुका था। इस पर एक दफ़ा तो ख़ुद मजीद साहब ने उसे ऐसा करने से मना किया, मगर उसकी ख़ुशी की इंतिहा न रही जब उसने देखा कि वो शायर भी, जिन्हें उसने अभी तक नहीं टोका था, किसी जगह कलाम सुनाने से पहले, उसे अपना कलाम दिखाना ज़रूरी समझने लगे। धीरे-धीरे उसकी शोहरत इस हवाले से बढ़ने लगी। अभी काम पर जाते उसे दो माह भी नहीं हुए थे कि नए दोस्तों, शागिर्दों की डिमांड पर उसे ये नौकरी त्यागनी पड़ी। वैसे भी नौकरी-वोकरी से क्या हासिल होना था। सात सौ रुपये तो क्या, कोई सात हज़ार भी दे तो ऐसी सन्तुष्टि नहीं हो सकती, जैसी उन दोस्तों और उम्र में उससे बड़े शागिर्दों की ख़ुशामद से होती थी। उसकी आदत ने ये रंग इख़्तियार किया कि एक रोज़ जब मजीद साहब के पास चन्द दोस्त बैठे थे और अदब पर कोई गहरी गुफ़्तगू हो रही थी तो वो एक पुराना रिसाला हाथ में थामे एक तरफ़ खड़ा था। कुछ देर बाद उसकी तरफ़ ध्यान गया तो मजीद साहब ने

1-4. शायरी की कला सीखने की किताबें।

इशारे से पूछा कि क्या बात है? वो जल्दी से आगे बढ़ा और उसने रिसाले के बीच में जहाँ उँगली फँसा रखी थी, उस सफ़्हे को खोलकर दिखाया और कहा।

"अब्बा आपकी ये ग़ज़ल पढ़ रहा था मैं। सात-आठ साल पहले का शुमारा[1] है। इसमें आपका एक मिसरा बे-बहर है।"

मजीद साहब भौचक्का होकर उसकी तरफ़ देखने लगे। उसने कहा देखिए, मिसरे तो दोनों बहर-ए-हज़ज[2] में हैं, लेकिन नीचे के मिसरे में एक-दो हर्फ़ी रुक्न की कमी है।

उस रात मजीद साहब ने सबके जाने के बाद उसे ख़ूब डाँटा-फटकारा।

"जाहिल-ए-मुतलक़[3]! इतनी भी तमीज़ नहीं कि मैं दोस्तों के साथ बैठा हूँ, अपनी जुमा-जुमा आठ दिन की क़ाबिलियत बघारने चला आया। चार किताबें पढ़कर तू क्या समझता है? आइन्दा ऐसी हरकत की तो खाल उधेड़ दूँगा।"

और वो सहमा-सिमटा एक कोने में बैठा अन्दर ही अन्दर इस बात पर ख़ुश भी हो रहा था कि उसने इतने लोगों पर मजीद साहब के मुक़ाबले अपनी क़ाबिलियत का ज़ोर ज़्यादा और गहरा मनवा लिया है। अब हो न हो, वो लोग ये बात बाहर भी बताएँगे। बदतमीज़ कहें या बदलिहाज़ मगर एक धाक तो जम ही गई है कि जो लड़का अपने बाप तक की बे-बहर शायरी पर यूँ खुल्लमखुल्ला एतिराज़ कर सकता है, उसके सामने कौन बे-बहर शेर पढ़ने की मजाल कर सकेगा।

---

1. अंक।
2. उर्दू शायरी की बहर का नाम।
3. अनपढ़।

3

नया नगर में उन दिनों नशिस्तों का मौसम-सा आ गया था। हर नशिस्त के लिए पहले कोई बहाना तलाश किया जाता। किसी का जन्मदिन है, किसी की शादी की सालगिरह है, किसी ने पहली ग़ज़ल लिखी है, किसी ने फ़ुलाँ उस्ताद की शागिर्दी इख़्तियार की है। ग़रज़ तरह-तरह के बहाने होते और जब कोई बहाना मिलना मुश्किल होता तो यूँ भी नशिस्त रख ली जाती। ऐसी नशिस्तें ख़ास और आम में बँटी हुई होती थीं। ख़ास नशिस्तें वो होती थीं, जिनमें फ़िदा फ़ाज़ली, इर्तिज़ा निशात, क़ैसर-उल-जाफ़री या कोई ऐसा ही दूसरा बम्बैया शायर होता। ऐसी नशिस्तों में पढ़ने वाले कम और सुनने वाले ज़्यादा होते। खाने का ख़ास एहतिमाम होता। चाय के दो-तीन दौर होते और साथ ही समोसे या नमकीन

जैसे दो-तीन आइटम भी ताकि ऐसे क़ाबिल मेहमानों का मुँह सूखा न रहे। गर्मी ज़्यादा होती तो चाय की जगह शर्बत या लस्सी से ख़ातिर की जाती। शाम सात बजे होने वाली नशिस्त की तैयारी दोपहर के फ़ौरन बाद शुरू होती। पहले तो घर में एक ऐसी जगह का चयन किया जाता, जहाँ तीस-चालीस आदमी आसानी से बैठ सकें। अगर कोई फ़र्नीचर होता तो उसे इस कमरे या हॉल से निकालकर दूसरी जगह शिफ़्ट कर दिया जाता ताकि जगह बनाई जा सके। गद्दे सलीक़े से बिछाए जाते और किसी मेहमान-ए-ख़ुसूसी[1] और सद्र[2] साहब के लिए दो गद्दे डाले जाते। जो जगह बच जाती वहाँ चटाइयाँ लगाई जातीं और फिर तमाम जगहों पर सफ़ेद चादरें बिछा दी जातीं। ज़्यादातर शेरी नशिस्तें ही हुआ करती थीं, अफ़साने वग़ैरह की नशिस्तें भी इक्का-दुक्का साल में कहीं हो जातीं, मगर अव्वल तो उसमें श्रोता ही कम बुलाए जाते और अगर लोगों को पता भी होता तो वो ग़ज़ल के मुक़ाबले में गाढ़ी अदबी कहानियाँ सुनने से परहेज़ ही करते।

कभी-कभार ऐसा भी होता कि दो पक्ष आपस में एक-दूसरे को नीचा दिखाने के लिए एक ही दिन नशिस्त रख लेते और फिर शामिल होने वालों की अहमियत और सुनने वालों की तादाद से एक-दूसरे की अदबी हैसियत का अन्दाज़ा लगाया जाता। आम तौर पर शायरी की इन नशिस्तों में पढ़ने वालों की जो लिस्ट बनती थी उसके हिसाब से पन्द्रह या सोलह या कभी-कभार दस-बारह शायर ही इसमें शामिल हुआ करते थे। मगर अन-ऑफ़िशियली तौर पर ऐसी नशिस्तों में कभी-कभी पढ़ने वालों की ये तादाद चालीस का

---

1. मुख्य अतिथि।
2. अध्यक्ष।

आँकड़ा भी पार कर जाती थी। इसीलिए तो अक्सर ही नशिस्त ख़त्म होते-होते सुबह हो जाती। हालाँकि नशिस्त की ख़ासियत ये मशहूर थी कि यहाँ मुशायरों जैसी हो-हुल्लड़, बद-मज़ाक़ी और बे-जा तारीफ़ का वजूद नहीं होता मगर नशिस्त के कामयाब होने की भी धीरे-धीरे वही शर्त समझी जाने लगी जो कि मुशायरे की थी। यानी कि इसमें कितने आदमियों ने शिरकत की, कितने शायरों ने कलाम सुनाया, किस-किस को ग़ौर से सुना गया, किसको बिलकुल दाद नहीं मिली। इन सब बातों का ज़िक्र एक नशिस्त से दूसरी नशिस्त के दरमियानी अर्से में दोस्तों-यारों के बीच होता रहता था, जबकि इसका मौक़ा कम मिलता था।

हालाँकि ज़्यादातर उस्ताद-ए-फ़न और कामयाब शायरों के नज़दीक जो दिन बल्कि रात नशिस्तों के लिए बिलकुल उचित समझी जाती थी वो थी, शनिवार की रात। जंगल में मंगल इतना ज़ोरदार क्या होता होगा जितना नया नगर में सनीचर हुआ करता था। नशिस्त के लिए तयशुदा वक़्त से पहले ही सुननेवालों के साथ-साथ अहल-ए-ख़ाना[1] के दोस्तों और कभी-कभार शौक़ीन पड़ोसियों का भी आना-जाना शुरू हो जाता था। पहले चन्द लोग जमा होते और घर की औरतों और लड़कियों से एक बनावटी पर्दा रखते हुए सरगोशियों में ज़टलगोई[2], फ़ुहश क़िस्सों, ऊलजलूल बातों का ख़ूब लुत्फ़ लिया जाता। नाज़िम अब्बासी हर नशिस्त की शुरुआत में एक क़िस्सा ऐसी ही ख़ुफ़िया बैठक में ज़रूर सुनाते। और संयोग ये था कि सैकड़ों बार सुने गए उस क़िस्से को लोग ऐसे दिल लगाकर सुनते जैसे पहली बार सुन रहे हों।

---

1. परिवार वालों।
2. ऐसी शायरी जिसमें गाली-गलौच की जाती हो।

क़िस्सा मज़हबी नहीं था, मगर एक मौलवी का था। उर्दू की तीन-चार सौ साला जो भी तारीख़ रही है, उसमें रिवायती मज़हब का ठट्ठा हमेशा ही शायरों ने उड़ाया है। इससे मुराद यूँ तो दिखावे की इबादत पर वार करना था, मगर रफ़्ता-रफ़्ता मुल्लाओं, उपदेशकों और नसीहत करने वालों का मज़ाक़ अदीबों और अदबपसन्द लोगों की आदत ही बन गई और फिर कब इस रिवायत से निकले हुए लतीफ़े अवाम में तैर गए पता ही नहीं चला। इसलिए कभी-कभार ऐसे बड़े-बड़े दाढ़ी वाले बुज़ुर्ग क़िस्म के लोग भी मुल्लाओं के लतीफ़े सुनाते हुए मिल जाएँगे, जो आम हालात में मौलवी के एहतिराम के लिए लड़-मरने तक को तैयार हो सकते हैं। ग़रज़ नाज़िम अब्बासी क़िस्सा सुनाते—

"एक मौलवी को किसी कम्युनिस्ट शख़्स की माँ ने दावत पर घर बुलाया। खाना परोसा गया तो अहल-ए-ख़ाना और मेहमान को जितनी बोटियाँ तक़सीम हुईं, उसके बाद फ़क़त तीन बोटियाँ डोंगे में बची रह गईं। मौलवी की निगाह बड़ी पैनी थी। उसे मज़ीद बोटियाँ चाहिए थीं, मगर कहे तो कहे कैसे। बहरहाल गला खखारकर बड़ी संजीदगी से कहने लगे। क़ुर्बान जाऊँ अपने आक़ा पर, वाह-वाह क्या शख़्सियत थी आपकी। ओ हो हो हो हो...क्या बात है। घरवालों ने हैरानी से उसकी तरफ़ देखा तो उसने बात आगे बढ़ाई। आप फ़रमाते हैं कि अगर तुम्हारे घर कोई मेहमान आ जाए और तुम्हारे डोंगे में महज़ एक बोटी हो तो मेहमान को दे दो और ख़ुद शोरबे पर क़नाअत कर लो, दो बोटियाँ हों तो एक मेहमान को दो, एक ख़ुद खाओ और मान लो, अगर तुम्हारे डोंगे में तीन बोटियाँ हों तो एक ख़ुद खाओ और दो मेहमान की प्लेट में डाल दो। इस क़िस्से को सुनाकर उसने हाज़िरीन पर एक भरपूर श्रद्धापूर्वक जोश से नज़र डाली

मगर इससे पहले कि कोई कुछ समझता, वो कम्युनिस्ट साहब उठे और मौलवी की गुद्दी पर दो तमाचे जड़ दिये। फिर तो वो ख़ातिर हुई कि मौलवी की अक़्ल ठिकाने पर आ गई। कम्युनिस्ट साहब का एतिराज़ था कि बोटियाँ चाहिए थीं तो सीधे-सीधे माँग लेता। इसके लिए इस्लामी दुनिया की इतनी अज़ीम शख़्सियत के बारे में झूठ बोलने की क्या ज़रूरत थी।"

उसी मौलवी का या शायद किसी दूसरे सुन्नी मौलवी का एक क़िस्सा और सुनाते, जो कि कुछ इस तरह था—

"मुम्बई में चेलिया लोगों के कई होटल हैं। अब ये तो सभी को पता है कि वो मज़हब से मुसलमान और अक़ीदे से वहाबी होते हैं। कमाटीपुरा के ऐसे ही एक चेलिया के होटल में एक सुन्नी बरेलवी मौलवी घुस गया। भरपेट खाना खाया और आख़िर में चुपके से एक बोटी पर कहीं से निकालकर एक बाल चिपका दिया, और लगा वावेला करने कि हाए-हाए खाने में न जाने कहाँ का बाल खिला दिया। अब कभी उल्टियाँ करने का ढोंग कर रहा है तो कभी भोंडी-भोंडी गालियाँ होटल के मालिक को बक रहा है। बेचारा मालिक हक्का-बक्का तो था ही, उसने समझा-बुझाकर मौलवी को चुप कराया और हाथ जोड़कर अर्ज़ की कि भाई, जिस प्लेट में बाल निकला, उसके पैसे मत दो, मगर बाक़ी पकवानों का तो बिल अदा कर दो, जिनमें कोई ख़राबी नहीं थी। इस बात पर भड़ककर पहले तो मौलवी ने किसी बहाने से ग़ौस-ए-आज़म पीर दस्तगीर[1] की क़सम खाई, फिर न जाने कब, अचानक ही होटल के मालिक पर चिल्लाने लगा कि तुमने ग़ौस-ए-पाक की शान में

1. महान सूफ़ी बुज़ुर्ग जिनकी मज़ार इराक़ में है।

गुस्ताख़ी की है, तुम वहाबी जान-बूझकर हम बरेलवियों को ये ग़लाज़त परोस रहे हो, ये एक साज़िश है, फलाना-ढिमकाना। ग़रज़ वहाँ इतना हंगामा किया कि होटल के मालिक के होश उड़ गए, वो अजीब मुसीबत में फँस गया था। उसके होटल में कई दूसरे बरेलवी मुसलमान भी खाना खाते थे, कुछ तो पक्के ग्राहक भी थे, उसने सोचा कि पता नहीं ये मौलवी कौन-सा दंगा-फ़साद करा दे चुनाँचे बजाय उससे कुछ लेने के, मालिक ने उसे कुछ दे-दिला कर, हाथ-पैर जोड़कर रुख़सत किया।"

ज़टलगोई का भी एक ऐसा ही ख़ामोश दौर चलता। कई शायर आपस में लिखी हुई ज़टलें एक-दूसरे को सुनाते। कभी-कभी मशहूर शायरों के कलाम पर लिखी गई ऐसी फ़ुहश तज़मीनें[1] पेश की जातीं कि सुनने वाले हँसते-हँसते लोट-पोट हो जाते। एक ख़ास बात जो इन नशिस्तों में देखी जाती, वो ये थी कि बड़े-बड़े उस्ताद नए-पुराने शायरों के यहाँ 'ज़म के पहलू'[2] का बड़ा लुत्फ़ लेते। मजीद साहब ने एक बार ख़ुद अपने शागिर्दों को इस बारे में समझाते हुए बताया—

"उर्दू शायरी ही सिर्फ़ ऐसा मुश्किल फ़न है कि हर कोई इस तलवार के बारीक पुल से नहीं गुज़र सकता। बहुत कुछ ध्यान देने की चीज़ें हैं। शुतर गुरबा[3] न हो, इज़ाफ़त के बाद एलान-ए-नून[4] से बचा जाए, शिकस्ता बहरों में बात बीच से न टूटे और सबसे अहम है ज़म के पहलू का ख़याल। ज़म का शाब्दिक अर्थ है बुराई। शेर

1. किसी शायर के कलाम पर लिखी हुई ग़ज़ल/नज़्म।
2. जिससे कोई गन्दा इशारा मिलता हो।
3. किसी शेर में 'तुम' और 'आप' एक साथ आएँ तो उसे शुतर (ऊँट) गुरबा (बिल्ली) का दोष माना जाता है।
4. उर्दू में जहाँ ज़ेर की आवाज़ आए उसके बाद कोई ऐसा शब्द बाँधना जिसके अन्त में नून{न} आता हो जैसे ख़्वाब-ए-चमन/रश्क-ए-वतन।

कहते वक़्त ये ख़याल रखना चाहिए कि ऐसी कोई बात तो नहीं हो रही, जिससे शायर का अस्ल मुद्दआ पीछे छूट गया और कोई बुराई का पहलू निकल आया, जिससे संजीदा विषय पर लोगों का ध्यान जाने के बजाय और उलटा हँसने का कोई बहाना मिल जाए।"

किसी ने पूछा, "उस्ताद इसकी कोई मिसाल भी तो बता दीजिए।"

मजीद साहब एक-दो मिनट ख़ामोश रहे। फिर कहने लगे, "ग़ालिब का एक मिसरा है, 'शम्अ बुझती है तो उसमें से धुआँ उठता है'। अब कोई पढ़े तो पूछे कि भई, शम्अ बुझती है तो 'उस' में से धुआँ कैसे निकलता है, ज़ाहिर है कि ये लफ़्ज़ दिमाग़ को एक फ़ुहश दिशा की ओर ले जाता है, और सुनने-पढ़ने वाले को उस पर बे-साख़्ता हँसी भी आ सकती है।" एक-दो लोग उस वक़्त भी ज़ेर-ए-लब मुस्कुराने लगे। धीरे-धीरे कई लोग ज़म का पहलू एक-दूसरे की शायरी में ढूँढ़ने लगे। नजीब ने इस बात पर ग़ौर किया तो उसे लगा कि क्या ऐसी शायरी मुमकिन है, जिसमें ज़म का पहलू तलाश न किया जा सके? क्या ये भी शायरी की एक ख़ूबी है? मतलब कोई भी शख़्स ये, वो, इस और उसके इस्तेमाल से ख़ुद को कैसे रोक सकता है, अब इससे पढ़नेवाला कोई तीसरा ही मतलब निकालकर हँसना चाहे तो क्या उसे रोका जा सकता है!

मजीद साहब के यहाँ शागिर्दों का हाल ये था कि वो न सिर्फ़ शेर पर इस्लाह लेते थे, बल्कि उनका तलफ़्फ़ुज़ भी दुरुस्त करवाया जाता था, उनको मानी-आफ़रीनी[1], अलामत[2], तश्बीह[3] और इस्तिआरों[4]

1. नए अर्थ पैदा करना।
2. निशानी।
3. उपमा।
4. रूपक।

के भेद भी समझाए जाते थे। दिल्ली और लखनऊ स्कूलों के फ़र्क़ पर लम्बी-चौड़ी बातें भी होती थीं। एक दफ़ा मजीद साहब अपने किसी शागिर्द से ग़ालिब का मुतदावल दीवान[1] पढ़वाकर सुन रहे थे। तीन-चार दोस्त और बैठे थे। उसने उच्चारण में चार-पाँच जगहों पर ग़लतियाँ कीं तो झल्लाकर बोले।

"ये ग़ालिब का कलाम है मियाँ समझकर और ध्यान से पढ़ो, कहीं महफ़िल में इतना ग़लत पढ़ोगे तो बेइज़्ज़ती हो सकती है। एक दफ़ा कोई साहब ऐसे ही ग़लत-सलत कलाम-ए-ग़ालिब पढ़ रहे थे। अब उर्दू में ज़ेर-ज़बर तो लगे नहीं होते, जनाब ने जब ये मिसरा पढ़ा कि 'पीनस में गुज़रते हैं वो कूचे से जो मेरे' तो पीनस की नून को मफ़तूह[2] के बजाय मकसूर[3] पढ़ दिया। यानी जहाँ ज़बर लगाना था, वहाँ ज़ेर लगा दिया। एक ज़रा से फ़र्क़ से कितना भद्दा मज़ाक़ बना उनका।"

मगर शागिर्द और दूसरे लोगों को कुछ समझ में नहीं आया। मजीद साहब ने ग़ुस्से से कहा—

"आप लोगों को न हिन्दी आए न अंग्रेज़ी, किस बिरते पर उर्दू शायरी कर रहे हैं?"

ये भी समझना मुश्किल है कि लोग वहाँ कुछ सीख भी पाते थे या नहीं, मगर उन्हें ये इत्मीनान होता था कि वो मजीद साहब की डाँट खाकर भी एक इज़्ज़तदार ज़िन्दगी की तरफ़ क़दम बढ़ा रहे हैं। शायरी से और कुछ मिलता हो या न मिलता हो, इसमें कितना ही वक़्त खपाया जाता हो, मगर उर्दू शायरी की एक पुरानी परम्परा है

---

1. प्रचलित दीवान।
2. वो अक्षर जिस पर ज़बर {जिससे अ की आवाज़ आए} लगा हो।
3. वो अक्षर जिस पर ज़ेर {जिससे छोटी इ की आवाज़ आए} लगी हो।

कि अगर दो लोग मौजूद हों और एक आदमी शेर पढ़ रहा हो तो दूसरा वाह-वाह की सदा ज़रूर बुलन्द करेगा। ये वाह-वाह, दरअसल हौसलाअफ़ज़ाई भी करती थी और क़दम भी थाम लेती थी। ये एक नशे की तरह थी। इसके लिए लोग उस्ताद की गालियाँ खा सकते थे, उनके घुटने दबा सकते थे और उन्हें तरह-तरह की मिठाइयाँ लाकर खिला सकते थे। इनमें से ज़्यादातर लोग ऐसे थे, जिनकी सामाजिक और आर्थिक हैसियत ख़ुद बहुत मज़बूत नहीं थी। जिनके काम-धंधे चल भी रहे थे, उनको मुई शायरी की लत चौपट किये जा रही थी। वो शायरी करते थे, किसी रिसाले में छपने के लिए नहीं, अदब में कोई बड़ा नाम बनने के लिए नहीं, बल्कि किसी नशिस्त में तीस-चालीस लोगों के दरमियान वाह-वाह की गूँज सुनने के लिए। ऐसी तारीफ़, जो उन्हें ज़िन्दगी के किसी और विभाग में नहीं मिलती थी। इससे उन्हें एहसास होता था कि वो भी क़ाबिल-ए-तारीफ़ हैं, उनको भी पसन्द किया जा सकता है। भले उनकी आत्माएँ ज़ख़्मी हों, भले उन पर भारी क़र्ज़ों के बोझ हों, भले सामाजिक तौर पर उन्होंने किसी की आँखों में धूल झोंकी हो या ख़ुद फ़रेब खाए हों, मगर नशिस्तें उनकी जान थीं। इसके लिए वो ख़ुशामदें भी करते थे, बेइज़्ज़तियाँ भी झेलते थे। और घंटों अपने काम-धंधे छोड़कर उस्ताद के घर ध्यानमग्न मुद्रा में बैठे रह सकते थे।

मजीद साहब के शागिर्द चाहे कितने ज़्यादा हों, उनके यहाँ नशिस्तों में कैसी ही रौनक़ क्यों न लगी रहती हो, मगर तुरुप का इक्का अभी भी यूसुफ़ जमाली के हाथ में ही था। यानी सालाना मुशायरा। हालाँकि अभी इसमें वक़्त था। मगर यूसुफ़ जमाली ने किसी तरह ये ख़बर उड़वा दी कि मुशायरे की फ़ेहरिस्त अन्दर-अन्दर तैयार हो रही है और कुछ लोगों के नाम शामिल किये जा रहे हैं, कुछ

के निकाले जा रहे हैं। नशिस्त में जमकर तारीफ़ हासिल कर सकने वाले ख़ुशामदियों को अब मुशायरा पढ़ना था। मुशायरा, जिसमें एक पंडाल लगता है, किसी इज़्ज़तदार मुक़र्रिर, नेता या फिर रूहानी रहनुमा की तरह स्टेज पर खड़े होकर लोगों पर जादू फूँकने का मौक़ा मिलता है। जहाँ की वाह-वाह चारदीवारी और आस-पड़ोस में घिरकर नहीं रह जाती बल्कि मैदान में भांगड़ा डालती है। वाह-वाह की तालियाँ नहीं, नगाड़े बजते हैं। सीटियाँ बजती हैं। तारीफ़ का भूत बेताब होकर तांडव करने लगता है, ऐसी तारीफ़ जो सर पर चढ़कर बोलती है। वो तारीफ़ जिसका छोटा-सा हिस्सा भी अगर शायर की झोली में आ गिरे तो अगले एक साल में तो उसकी इज़्ज़त में दिन-दूनी रात-चौगुनी तरक़्क़ी हो सकती है। फिर मुशायरे की तारीफ़ और इसमें कामयाबी के ज़िक्र से मिलते हैं और मुशायरे। नया नगर का मुशायरा, फिर भिवंडी का, फिर अँधेरी का, फिर भोपाल का, बनारस का, अमृतसर का, उसके बाद दिल्ली में होने वाला जश्न-ए-जम्हूरियत का मुशायरा और फिर क़िस्मत जागते ही शायर लोग तो अमरीका और यूरोप का टूर करने भी चले जाते हैं और एक-दो नहीं, अपने सफ़र में पूरे इक्कीस-बाईस मुशायरे पढ़कर दुनिया-जहान की दौलत समेटकर घर लौटते हैं।

फिर ज़िन्दगी-भर मुशायरे ही मुशायरे होते हैं। बस यही तो हासिल करना है। अब अशरफ़ नानपारवी को ही देखिए। कल तक उसके सर पर एक मैली-कुचैली दो-पल्ली टोपी हुआ करती थी। कुर्ता-पाजामा बिलकुल मैला चीकट, स्लीपरें भी घिसी हुईं। उसके बारह बच्चे थे, सात लड़कियाँ, पाँच लड़के। बीवी वक़्त से बहुत ज़्यादा बूढ़ी और बीमार। मगर उसने मजीद साहब के यहाँ वक़्त गुज़ारना शुरू किया। मजीद साहब के ही मशवरे पर उसने रूमानी

शायरी छोड़कर नातें लिखनी शुरू कीं और उन्हें तरन्नुम में पढ़ना भी। उसकी आवाज़ भी तो बिलकुल बाँसुरी जैसी थी। गला मँझा हुआ। जब वो नात पढ़ता तो श्रद्धा के मारे कई लोगों के दिल जोश से छलकने लगते। ख़ुद मजीद साहब की बीवी दुपट्टे से मुँह छुपाकर रो देतीं। मजीद साहब के ही हुक्म पर उसने मुम्बई का पहला मुशायरा पढ़ा था। एक नातिया मुशायरा। वहाँ उसकी ऐसी क़द्र हुई, इतना हाथों-हाथ लिया गया कि सही मानो में उसकी आवाज़ के जादू ने मानो छतें उड़ाने का मुहावरा सच कर दिया हो। लोग माइक पर से हटने ही न देते थे। इस मुशायरे के बाद तो ऐसी काया पलटी उसकी कि क्या बताया जाए! शुरू-शुरू में मुम्बई में मुशायरे पढ़े, मगर दो-तीन महीनों में नेशनल और इंटरनेशनल मुशायरों तक वो पहुँच गया। ऐसी धूम उसकी मची कि उसे मजीद साहब तक के यहाँ आने की फ़ुर्सत न मिलती थी।

4

नया नगर का नक़्शा कुछ यूँ है कि सड़कें चौड़ी हैं। चौक पर एक सब्ज़ रंग की शिया मस्जिद है और बीचो-बीच एक हरा इस्लामी झंडा गड़ा हुआ है। मौसम चूँकि लचीला है, इसलिए हवा कभी धीमी होती है, कभी तेज़ मगर उमस की कैफ़ियत बहुत कम होती है। बिल्डिंगें आलीशान भी हैं, कुछ कॉम्प्लेक्स ऐसे दिलकश बनाए गए हैं कि दूर-ओ-नज़दीक दोनों जगहों से देखने पर शानदार मालूम होते हैं। धीरे-धीरे ख़ाली प्लॉट्स, जिन पर गहरा काई-ज़दा पानी और दुनिया-जहान का कचरा तैरता रहता है, बड़ी-बड़ी बिल्डिंगों से भरते जा रहे हैं। गोश्तख़ोरों का मुहल्ला है, चुनाँचे कुत्ते बहुत ज़्यादा हैं। रात-रात भर गाड़ियों की लाल रौशनियों का पीछा भी करते हैं। एक बहुत बड़ी मस्जिद बाज़ार

के बीच में बनाई गई है, जिसका फैलाव क़रीब डेढ़-दो हज़ार गज़ से कम हरगिज़ नहीं है। बाज़ार में बाक़ी दुकानों के साथ बहुत से रेस्तराँ और किताबों की दुकानें भी जल्वा-अफ़रोज़ हैं। ऐसी ही एक किताब की दुकान है, शोहरत बुक शॉप। इस बुक शॉप में स्कूल की किताबों के साथ मक़बूल उर्दू-हिन्दी डाइजेस्टें और पुराने जासूसी नॉवेल बहुत कम क़ीमत पर उपलब्ध हो जाते हैं। नजीब अक्सर यहाँ आया करता है। दुकान मस्जिद के बिलकुल सामने है, मगर इन जासूसी किताबों का ढेर दुकान के पिछले हिस्से में लगा रहता है, जिनमें से किताबें छाँटकर लेनी पड़ती हैं। वो यहाँ से जेम्स हेडली चेइज़, अगाथा क्रिस्टी, हेरल्ड रॉबिन्स, सिडनी शेल्डन और जेफ्रे आर्चर वग़ैरह के अनुवाद तो ले ही जाता है, साथ ही साथ सत्यजित रे की फेलूदा सीरीज़ और इब्न-ए-सफ़ी के नॉवेलों का भी वो रसिया है। जो पैसे उसे अपने दोस्तों, नए-नए शागिर्दों से मिलते हैं, वो किताबों के लिए बहुत हैं। एक पुरानी किताब पाँच रुपये में मिल जाती है। अगर वापिस की जाए तो उनका दो या ढाई रुपया वापिस भी मिल जाता है। ख़ुद मजीद साहब के पास बहुत-सी किताबें हैं, मगर जब वो नया नगर में आए तो उन दो-ढाई हज़ार किताबों के कई कार्टन उनके एक दोस्त क़ारी मुस्तक़ीम के यहाँ रखवा दिये गए थे।

क़ारी मुस्तक़ीम की शॉप में यूँ तो एक ज़ेरोक्स मशीन लगी है और साथ ही उनकी नई-नई बीवी डेटा-एंट्री का काम भी करती हैं, चुनाँचे उनके यहाँ भी अदीबों शायरों का अक्सर जमघट लगा ही रहता है। एक वजह ये भी है कि दुकान के बाहर ज़्यादातर सन्नाटा रहता है, परली तरफ़ सिर्फ़ रेल की पटरियाँ बिछी हैं, जहाँ से हर पन्द्रह-बीस मिनट बाद एक लोकल ट्रेन मुसाफ़िरों को लादे धड़-धड़

करती गुज़र जाती है। मगर अब ये क़ारी मुस्तक़ीम, उनकी नई-नवेली बीवी और दोस्तों के लिए एक रोज़मर्रा की सी बात हो गई है, चुनाँचे उनकी गुफ़्तुगू में इस धड़-धड़ से कोई फ़र्क़ नहीं पड़ता। आज क़ारी मुस्तक़ीम की दुकान पर जो दोस्त जमा हैं, उनमें 'अदबनुमा' नामी उर्दू रिसाले के एडिटर कामिल इमाम, मिर्ज़ा अमानत, नाज़िम अब्बासी, नज़र मुरादाबादी, मजीद साहब और नया नगर में उनके सबसे गहरे दोस्त माक़ूल नक़वी भी विराजमान हैं। नजीब एक सोफ़े पर नज़र मुरादाबादी और ताइर अमरोहवी के दरमियान धँसा बैठा है। उसका क़द मुनासिब है, रंग गहरा स्याह और पसीने से भीगे हुए चेहरे पर फूटती हुई मसें साफ़ दिख रही हैं।

बात ये है कि आज मजीद साहब के कहने पर क़ारी मुस्तक़ीम ने इन सभी दोस्तों को दावत दी है। नज़र और ताइर, नजीब के ख़ास बुलावे पर आए हैं और मुद्दा ये है कि नजीब की लिखी हुई एक कहानी इन तमाम लोगों को सुनाई जाए। अभी उर्दू के एक बड़े अफ़सानानिगार का इन्तिज़ार हो रहा है और चाय परोसी जा चुकी है। मजीद साहब कोने में बैठे क़ारी मुस्तक़ीम की बीवी से गम्भीरता के साथ खुसुर-फुसुर कर रहे हैं। सब तरफ़ एक गहरी ख़ामोशी है। इतने में अलताफ़ कैफ़ी अपने एक दूसरे दोस्त शरीफ़ हुसैन के साथ अन्दर आ जाते हैं। हालाँकि इन दोनों को किसी ने बुलाया नहीं है, मगर उनकी जोड़ी पूरे नया नगर में आवारा फिरने और मुफ़्त खाने के लिए काफ़ी मशहूर है। नया नगर में अलताफ़ कैफ़ी और शरीफ़ हुसैन दोनों ही इब्तिदा में यूसुफ़ जमाली के शागिर्द रहे थे, मगर किसी बात पर अनबन हुई। बात ये थी कि यूसुफ़ जमाली को उन्होंने महफ़िल में किसी बात पर शराब-वराब पीकर बहुत-सी गालियाँ बकी थीं। शेर-गोई भी दूसरे दिन से ही ग़ुस्से में छोड़ दी थी और ड्रामे और

अफ़सानानिगारी का रुख़ किया था। मगर मसअला ये था कि दोनों का ही उर्दू इमला बहुत ख़राब था। मजीद साहब उन दिनों नया नगर आए नहीं थे।

एक रोज़ अलताफ़ कैफ़ी सहपहर के वक़्त यूसुफ़ जमाली के घर गए। ये यूसुफ़ जमाली के क़ैलूला[1] का वक़्त था क्योंकि वह दोपहर का खाना हमेशा देर से खाया करते थे। उस वक़्त कोई और था नहीं, ये लगे माफ़ियाँ माँगने। यूसुफ़ जमाली का हाथ पकड़कर उनकी अज़मत का बखान करने लगे। बताने लगे कि उस रोज़ शराब के असर ने उन्हें अंधा कर दिया था जो वह यूँ यूसुफ़ जमाली की शान में ऊलजलूल बक गए। यूसुफ़ जमाली ये सब देखकर अन्दर ही अन्दर ख़ुश तो हो रहे थे मगर उन्हें अलताफ़ कैफ़ी की इस कायापलट का सबब समझ में नहीं आ रहा था। क्या ऐसे भी किसी का दिल पलटता है, क्या ऐसे भी पत्थर मोम हुआ करते हैं, इतना अकड़ फूँ करते थे, अब शायद समझ आई हो कि उस्ताद उस्ताद होता है। मगर इस माफ़ी-तलाफ़ी का राज़ तब खुला जब अलताफ़ कैफ़ी ने एक बड़े साइज़ का लिफ़ाफ़ा यूसुफ़ साहब के हाथ में थमाते हुए कहा—

"ये मेरी ज़िन्दगी का पहला अफ़साना है, अपनी लखनऊ की ज़िन्दगी पर लिखा है, अगर आप इसे लखनऊ से निकलने वाले सबसे अहम अदबी रिसाले 'क़लम' में छपवा दें तो मैं आपका बड़ा एहसानमन्द होऊँगा। मगर उससे पहले आप इसका इमला ज़रूर देख लें, वो क्या है कि मेरी उर्दू थोड़ी नाक़िस है, इमला कुछ कमज़ोर है।"

---

1. दोपहर के सोने का वक़्त।

यूसुफ़ जमाली ने लिफ़ाफ़ा थामा और एक बड़ा फ़िक्रअंगेज़ हुँकारा भरा। फिर चाय-वाय पीकर जब अलताफ़ कैफ़ी रुख़सत होने लगे तो कई दूसरे लोग भी वहाँ उस्ताद से मिलने आन पहुँचे थे। कुछ तो उनमें से अलताफ़ कैफ़ी को वहाँ देखकर सख़्त हैरान भी हुए। मगर उस्ताद की आँखें और अलताफ़ की झुकी हुई पलकें और बँधे हुए हाथ देखकर वो समझ गए कि वो माफ़ी माँगने आए हैं और उसे हासिल करने में भी कामयाब हो गए हैं। जब विनम्रता से खड़े होकर अलताफ़ कैफ़ी ने चलने की इजाज़त चाही और उस्ताद ने शफ़क़त-भरा इशारा भी कर दिया तो वो जाते-जाते अचानक पलटे और उस्ताद के नज़दीक आकर कान में कहा, "उस्ताद! क़लम सिर्फ़ इमला पर चलाइएगा, मेरे जुमलों पर नहीं।"

वह तो चले गए, मगर यूसुफ़ जमाली को उनकी इस जुरअत पर बहुत ग़ुस्सा आया, वो आगबबूला हो उठे। मगर शागिर्दों के आगे गालियाँ बकने से परहेज़ किया और बड़ी मुश्किल से अपना ग़ुस्सा ज़ब्त किया। बहरहाल अगले माह 'क़लम' के शुमारे में जब वो कहानी शाया हुई तो अलताफ़ कैफ़ी की बहुत भद्द पिटी। हुआ ये था कि उस्ताद ने कहानी अपने एडिटर दोस्त को भेजी थी और साथ में ये ख़त भी लिखा था कि इस कहानी के लेखक का इमला देखो, चौथी जमाअत के छात्र से भी गया-गुज़रा है। उम्र तीस से ज़्यादा है, ख़ुद को लखनऊ का बताते हैं मगर उर्दू का आलम ये है कि इतना भी नहीं मालूम कि अंडे जैसा आम लफ़्ज़ ऐन (ع) से लिख रखा है। इस पर तुर्रा ये कि ख़ुद को उर्दू ज़बान का बड़ा अदीब और अफ़सानानिगार मनवाना चाहते हैं। चुनाँचे वो कहानी इसी इमला के साथ छापो ताकि बाक़ी के एडिटर इस तरह के जाली अफ़सानानिगारों से बचें और वह लोग भी सबक़ हासिल करें जो

इमला जैसी बुनियादी चीज़ के लिए मेहनत करने से जान चुराकर ख़ुद को उर्दू का अदीब कहलवाना चाहते हैं। एडिटर ने भी कहानी के साथ ऐसा तगड़ा नोट लगाया कि अलताफ़ कैफ़ी को कई दिनों तक अंडर-ग्राउंड होना पड़ा। वजह उसकी ये थी कि 'क़लम' नामी इस रिसाले की खपत नया नगर में काफ़ी ज़्यादा थी। बल्कि ऐसी चीज़ें तो लोग एक दूसरे को पढ़वाते भी हैं और शामों की चाय और सुब्हों के नाश्ते पर उसका चर्चा भी ख़ूब होता है। मनोवैज्ञानिक तौर पर इनसान दूसरे को बेइज़्ज़त होते हुए देखकर इसलिए भी ख़ुश होता है, क्योंकि इससे उसे अपनी बे-इज़्ज़तियों पर पर्दा डालने का मौक़ा हाथ लग जाता है। बेइज़्ज़त सब होते हैं, रोज़ होते हैं, मगर हमारे समाज में लोग अपनी बेइज़्ज़ती की पीठ पर दूसरे की भारी बेइज़्ज़ती का लेप लगाकर उसे मरहम की तरह इस्तेमाल करते रहते हैं।

कुछ देर बाद वो मशहूर अफ़सानानिगार भी तशरीफ़ ले आए और उनकी इजाज़त से चाय के अगले दौर के साथ नजीब ने अपनी कहानी सुनानी शुरू की। कहानी एक ग़रीब दलित लड़के पर लिखी गई थी, जिसका परिवार पिछले दो-तीन रोज़ से भूखा है। मगर वह ग़रीब और काला लड़का अपने सेठ से दस रुपये माँगने में बुरी तरह नाकाम हो जाता है, क्योंकि उसे नौकरी पर लगे अभी कुछ ही दिन हुए हैं और सेठ उस आर्थिक बदहाली की पैदावार है, जहाँ पर भूख की उजरत है मेहनत। चुनाँचे पहले भूखे रहकर मेहनत करो, फिर एक तयशुदा वक़्त पर फेंकी हुई हड्डी की तरह पहले चन्द रुपये सेठ से हासिल करो फिर उसके तलवे चाटकर उसका शुक्रिया भी अदा करो। लड़का जब घर पहुँचता है और अपनी इस नाकामी का ऐलान करता है तो सभी घरवाले मायूस हो जाते हैं कि

उन्हें एक दिन और भूख की दलदल में धँसे-धँसे रात गुज़ारनी होगी। मगर उसी वक़्त दरवाज़े पर दस्तक होती है और एक औरत हाथ में खाने की थाली लेकर लड़के की माँ से कहती है कि शान्ति के यहाँ पूजा थी, इसलिए उसने ये खाना भिजवाया है।

कहानी सुनने के बाद सब लोग ख़ामोश हो गए। जिन अफ़सानानिगार की राय का नजीब को इन्तिज़ार था, वो कुछ कहते, उससे पहले ही माक़ूल नक़वी अपनी रोनी सूरत में माथे पर त्रिशूल उगाते हुए बोले, "क्या अच्छा होता अगर आपकी कहानी का मरकज़ी किरदार कोई दलित लड़का न होकर सय्यद ख़ानदान का चश्म-ओ-चिराग़ होता और जिस घर पर खाना आया है, वो पूजा का न होकर ख़ैरात का होता।"

मजीद साहब को ये बात इसलिए बुरी लगी क्योंकि वो ख़ुद भी सय्यद थे। मगर नजीब को ये बात ज़्यादा बुरी मालूम हुई। इसकी वजह ये थी कि उसने कहानी में निराशा के दामन में झूलते हुए इनसानों को ईश्वर नामी उम्मीद से महरूम नहीं किया था, जबकि माक़ूल नक़वी के मशवरे के मुताबिक़ ग़रीबी की इस ज़लील घास में लोटते हुए इनसानों को ख़ैराती मदद के बूटों से कुचलते हुए दिखाना ज़्यादा मुनासिब था। मगर क्यों, किसलिए? इसीलिए न ताकि दुनिया इस तमाशे में ज़लील होनेवाले लोगों को कीड़े-मकोड़ों की तरह ख़ैराती निवालों पर टूटते हुए, अपनी इज़्ज़त को घायल करते हुए देखे। क्या माक़ूल नक़वी की ये बात उनकी सादवादी सोच को नहीं ज़ाहिर करती थी? क्या दुनिया की अन्य ज़ालिम हुकूमतों के ज़ुल्म को पढ़ते-पढ़ते, उनका ज़िक्र करते-करते, उनकी तकलीफ़ें बयान करते-करते वो ख़ुद भी तकलीफ़ पहुँचाने में लज़्ज़त महसूस करने लगे थे? नजीब ने देखा, वो मशहूर अफ़सानानिगार उठे और

मजीद साहब को साथ लेकर बाहर निकल गए। बाहर एक ट्रेन शोर मचाती हुई, पटरियों को रौंदती हुई गुज़रती जा रही थी। नजीब ने फ़ैसला किया कि वो ये कहानी कहीं प्रकाशित नहीं करवाएगा। वो उसे फाड़कर फेंक देगा और फिर कभी कहानी नहीं लिखेगा, फिर चाहे ये कहानी अफ़सानानिगार साहब को ही कितनी पसन्द क्यों न आई हो!

5

नजीब का छोटा भाई तनवीर अपने वालिद की एक शागिर्दा नसीम बरेलवी के घर इधर ज़्यादा चक्कर लगाने लगा था। या यूँ कहें कि दिन-दिन भर उसी के घर में पड़ा रहता था तो ग़लत न होगा। नसीम पतली-दुबली, गोरी रंगत की एक ख़ुश-शक्ल लड़की थी। उम्र यही कोई तीस के क़रीब होगी, मगर वो उम्र-चोर थी। अभी भी चौबीस से ज़्यादा की नहीं दिखाई पड़ती थी। नसीम को मजीद साहब का पता किसने बताया और वो कैसे छोटी-छोटी बे-बहर नज़्में लिखते-लिखते, लम्बी-लम्बी बहरों में भी कामयाब ग़ज़लें लिखने लगी, इस बहस में पड़ने से कोई फ़ायदा नहीं, मगर अब वो अदब की नई परवीन शाकिर के तौर पर पहचानी जाने लगी थी। मजीद साहब की ही बदौलत उसके ऊपर उर्दू के

दो स्थानीय अख़बारों में कल के आलोचकों ने दो भरपूर तारीफ़ी कॉलम भी लिखे थे और उसकी अदबनवाज़ी और उर्दू की तरक़्क़ी के नग़्मे गाए थे।

तनवीर वहाँ नसीम के चक्कर में जाता हो, ऐसा न था। बल्कि वो तो नसीम की छोटी बहन शहनाज़ को पसन्द करता था। नसीम जितनी पतली-दुबली थी, शहनाज़ का बदन उतना ही भरा-भरा, नाक-नक़्शा सुडौल, होंठ क़ुदरती तौर पर स्याही माइल थे मगर उनकी तराश और भरावट ऐसी थी कि जो देखता, देखता ही रह जाता। वो अपनी बहन के साथ मजीद साहब के यहाँ आया करती थी। तभी से तनवीर उस पर फ़िदा था। वो दौड़-दौड़कर शहनाज़ को भरमाने की तरकीब करता। नाश्ते, खाने की चीज़ों की व्यवस्था ख़ुद करता। मजीद साहब और उनकी बीवी बहुत कुछ समझते हुए भी ये सब नज़रअन्दाज़ कर देते और नसीम को तो गोया अपनी शायरी की इस्लाह के अलावा और किसी बात से ग़रज़ ही नहीं थी।

नसीम के घर पर शहनाज़ के अलावा उसकी एक बूढ़ी माँ थीं, जिनकी उम्र क़रीब साठ के पेटे में थी और जिनके बालों में स्याही ढूँढ़ने से मिलनी मुश्किल थी। एक भाई भी था जिसका नाम था ख़ालिद, जो उम्र में नसीम से छोटा था मगर उस पर भी बड़ों की तरह ही हुक्म चलाता था। घर में शायरी के सबब चहल-पहल थी। जिस कॉम्प्लेक्स में वो लोग तेरहवीं फ़्लोर पर रहते थे, उसकी खिड़की में रोज़ सुबह बैठकर नसीम एक तयशुदा वक़्त पर दाँतों में गुल मस्सी किया करती थी। तम्बाकू की इस घिसावट से दाँतों के दरमियान रीखों पर काली लकीरें बन गई थीं, जो देखने में बहुत बुरी तो मालूम नहीं होती थीं, मगर इतनी साफ़ थीं कि उसके चमकते हुए सफ़ेद दाँत, दूसरी ऊबड़-खाबड़, पीलाहट भरी, टूटी-फूटी या

बिलकुल चमकदार बत्तीसियों से भी कुछ अलग ही मालूम होते थे। तनवीर भी उर्दू शेर-ओ-शायरी का शौक़ रखता था। इब्तिदा में वो नसीम से छोटी-मोटी मुलाक़ातों या मजीद साहब के कहने पर नसीम को बुलाने के लिए उसके घर पर जाया करता था।

'शानदार कॉम्प्लेक्स' जिसमें नसीम का घर था, तेरह मंज़िलों की छह-सात एक जैसी नज़र आने वाली बिल्डिंगों पर क़ायम था। हर फ़्लोर पर दो घर थे, जिनके दरवाज़े आमने-सामने थे। नसीम का घर सड़क के रुख़ पर था, इसलिए उसकी खिड़की से नया नगर बल्कि पूरा मीरा रोड नज़र में आता था। चौड़ी, पतली, लम्बी सड़कों के जाल, आलीशान मस्जिद, बाज़ार, दुकानें, बुर्क़ापोश औरतें, दाढ़ी वाले मर्द। नसीम के घर पर ख़ालिद, शहनाज़ और उनकी बूढ़ी अम्मा मासूमा के अलावा सरदार नामी एक शख़्स और आता था और अक्सर ठहरा भी करता था। यूँ तो वो ख़ालिद के साथ कैटरिंग का छोटा-मोटा बिज़नेस सँभालता था और इन दोनों को ही अक्सर शहर से बाहर कभी गुजरात, कभी राजस्थान, कभी महाराष्ट्र और कभी-कभार दिल्ली जैसे राज्यों में अपने काम की ग़रज़ से जाना पड़ता था। वो किसी भी काम के मिलने पर रोज़गार की तलाश करने वाले लड़के-लड़कियों की एक टीम का इश्तिहार देते, अपने जान-पहचान के दूसरे लोगों से मदद लेते और फिर टीम तैयार करके उसे तयशुदा जगह पर साथ ले जाते और काम-धाम निपटाकर वापिस आते।

उन्हें साल में क़रीब छह बार इस तरह के काम मिल जाते थे, हर बार का दौरा बीस-बाईस दिन से क्या ही कम होता। ख़ासतौर पर सर्दी और इसके आसपास का दौर उनके लिए बहुत मसरूफ़ियत का होता क्योंकि इसमें शादियाँ ख़ूब होती थीं। सरदार लम्बे-चौड़े

क़द का, एक ख़ुशमिज़ाज लड़का था, जोकि नसीम की तरह ही बरेली से ताल्लुक़ रखता था। नसीम के परिवारवालों की तरह ही यूँ तो उसे मज़हब और शेर-ओ-शायरी से कोई दिलचस्पी नहीं थी मगर वो नसीम की वालिदा की ख़ुशी के लिए अक्सर नमाज़ें भी पढ़ता और नसीम की मुहब्बत में उसकी न समझ में आने वाली शायरी भी ग़ौर से सुना करता। नसीम भी उसे पसन्द करती थी और ये बात क़रीब-क़रीब तय ही थी कि वो दोनों शादी करेंगे। नसीम के उसे पसन्द करने की एक वजह शायद ये भी थी कि सरदार उसके शौक़े-शायरी और आज़ादाना मिज़ाज के दरमियान कभी नहीं आता था। वैसे भी नसीम कोई मर्द-परस्त क़िस्म की लड़की नहीं थी और ना उसे इश्क़-ओ-आशिक़ी के सच्चे मुआमलात से कोई लगाव था, वो कोई ऐसा ख़्वाब भी नहीं सजाए बैठी थी कि एक दिन कोई शख़्स घोड़े पर सवार होकर, चाँदनी रात में, समुद्र के किनारे, पानी की लहरों को चीरता हुआ उसकी तरफ़ आएगा, उसे अपने साथ बिठाकर कहीं दूर देश ले जाएगा। उसकी शायरी में भी, तब से ही, जब से वो डायरी में ऊटपटाँग कविताएँ लिखा करती थी, इस क़िस्म की बातें नहीं थीं। उसके विषय बरसात में भीगते हुए चने खाना, टेरिस पर धूप में बैठकर दो कबूतरों की इश्क़बाज़ी देखना या फिर बरेली का वो जाड़ा याद करना, जिसमें मोटी-मोटी दुलाइयों और लिहाफ़ों का ज़िक्र होता। महावटों की याद होती, तरह-तरह के पकवानों, मेहमाननवाज़ियों और रिश्तेदारियों का ज़िक्र होता, ख़ासतौर पर इन चीज़ों का जिनसे बिछड़े उसे यूँ तो ज़्यादा मुद्दत नहीं हुई थी मगर उसकी नज़्में बताती थीं कि अभी वो शहर की दमकती हुई रौनक की आदी नहीं हुई है और उसके ज़ेहन की सलेट का ज़्यादातर हिस्सा मुम्बई के बजाय बरेली की ही चाक से

रँगा हुआ है। तनवीर का जब धीरे-धीरे वहाँ जाना बढ़ा तो ख़ालिद और सरदार से उसकी दोस्ती गहरी होती गई।

मजीद साहब की मसरूफ़ियत भी अब बढ़ रही थी, आए दिन शागिर्दों का हुजूम, नशिस्तों का बोझ और हर वक़्त घर पर किसी न किसी की मौजूदगी उन्हें उलझाए ही रखती। नसीम की दी हुई नज़्मों को काट करके नई ग़ज़ल अता किये हुए भी मजीद साहब को कई दिन बीत गए थे। तनवीर को इल्म था कि नजीब ये सारे काम कर लेता है, चुनाँचे एक दिन उसने नसीम को बग़ैर बताए एक ताज़ा ग़ज़ल बड़े भाई से लिखवाकर नसीम के आगे रख दी। जब उसने ख़ुशी से चौंकते हुए नई ग़ज़ल पढ़ी, जो उसे बहुत पसन्द भी आई थी तो उसने सवाल किया।

"अब्बा (वो मजीद साहब को अब्बा कहने लगी थी।) को आख़िर वक़्त मिल गया मेरे लिए।"

तनवीर ने उसे जब अपनी सच्चाई से आगाह किया तो वो हैरत और ख़ुशी के मिले-जुले हाव-भाव के साथ नजीब का शुक्रिया अदा करने उसी शाम मजीद साहब के घर चली आई। मामूल के मुताबिक़ उसके साथ उसकी छोटी बहन शहनाज़ भी आई थी और, उन दोनों के साथ ख़ुद तनवीर भी अपने घर में मेहमानों की तरह दाख़िल हुआ था। वो वालिद से कुछ शर्मिंदा-शर्मिंदा सा था कि उसने उनसे पूछे बग़ैर ही एक नई ग़ज़ल लिखवाकर नसीम को पहुँचा दी थी। नजीब उस वक़्त दूसरे कमरे में लेटा इब्ने-सफ़ी का कोई नॉवेल पढ़ रहा था। बनियान और नेकर पहने आराम से नॉवेल पढ़ने में वो इस क़दर मगन था कि उसे मालूम ही न हुआ कि घर पर कोई आया भी है। तनवीर ने ही आकर उसे इत्तिला दी और साथ में एक-दो ख़ुशामदाना जुमलों के साथ ये अर्ज़ी भी लगाई कि वो

तनवीर को वालिद के ग़ुस्से से बचा ले। नजीब जब कपड़े बदल करके हॉल में आया तो चटाई पर नसीम और शहनाज़ बैठे हुए थे। बराबर ही गोल तकिये से टेक लगाए दो गद्दों पर मजीद साहब नीम-दराज़ थे। उनकी आँखें बन्द थीं और हाथ में एक काग़ज़ का पुर्ज़ा था। वो नसीम के सामने बैठ गया। रसना के दो गिलास, आधे भरे, आधे ख़ाली सामने एक ट्रे में रखे थे, जिनको वो दोनों लड़कियाँ थोड़ी-थोड़ी देर में छोटी-छोटी चुस्कियाँ लेकर ख़ाली कर रही थीं। सम्भवतया नजीब के बैठने की धमक से मजीद साहब के ध्यान में ख़लल पड़ा। पहले तो उन्होंने एक नज़र उसे देखा, फिर मुस्कुराते हुए कहा।

"बहुत अच्छी ग़ज़ल लिखी है, मुबारक हो!"

नजीब ने हड़बड़ाकर कहा, "मैंने नहीं लिखी अब्बा, इन्हीं की ग़ज़ल है, मैंने तो बस इस्लाह कर दी है। और वो भी कहीं-कहीं...।"

नसीम ने शफ़क़त से नजीब के घुटने पर हाथ रखते हुए कहा। "मेरा भइया बहुत बड़ा शायर बनेगा। देखिए अभी से इतनी अच्छी नज़र है इसकी, लेकिन नजीब भई, तुमसे शिकायत भी है मुझे, बहन के घर झाँकने भी नहीं आते तुम? ये कहकर उसने एक नज़र शहनाज़ की तरफ़ देखा, जैसे अपने घर झाँकते रहने की वजह भी बता रही हो। नजीब ने उस दिन ग़ौर से शहनाज़ को देखा।

गिलास की किनारी उसके होंठों में दबी हुई थी। गहरे भूरे रंग के सूट में दुपट्टा ज़रा नीचे ढलका हुआ था और चेहरा जैसे कमरे की तमतमाहट को माँद कर रहा था। गले की हड्डी भराव की वजह से नज़र नहीं आती थी, मगर काँधे की चौड़ी हड्डियों से चमकता हुआ गोरा रंग बहते हुए सीधे क्लीवेज की एक छोटी-सी अँधेरी नाली में गिर रहा था। उसके आगे था फिर वही काही रंग,

वही उदास नज़र की नाकामी और वही एक ललचाई हुई हवस की चमक, जो देखने वाले पर बौखलाहट तारी कर देती है।

आज जो कुछ नजीब ने देखा, वो सिर्फ़ नजीब ने देखा या फिर शहनाज़ ने भी देखा। मगर कमरे में मौजूद और किसी शख़्स ने ये दिखाया ही नहीं कि उसके पास भी आँखें हैं। नजीब ने शहनाज़ की तरफ़ से अपने उबलते हुए दीदों को वापिस अपनी जगह पर लाते हुए नसीम को देखा और उसके दाँतों पर चमकती हुई स्याह रीखों को घूरता हुआ बोला,

"ज़रूर आऊँगा।"

"आऊँगा नहीं। कल सुबह का नाश्ता मेरे साथ ही करो। अब मैं तुम्हें ही अपनी ग़ज़लें दिखाया करूँगी। अब्बा के पास तो वक़्त ही नहीं, क्यों अब्बा?"

मजीद साहब ने एक दफ़ा फिर चौंकते हुए हम्म्म कहा और माथे की गम्भीर लकीरों को और मोटा करके होंठों ही होंठों में कुछ बुदबुदाने लगे।

तनवीर दूर खड़ा इस बात पर ख़ुदा का शुक्र अदा कर रहा था कि वालिद की डाँट से बच गया। नजीब ने एक दफ़ा शहनाज़ की तरफ़ देखा और जल्दी से कल घर आने का वादा करके उठ गया। शहनाज़ अब भी उसी की तरफ़ देख रही थी, उसके होंठों पर एक शरारती मुस्कुराहट थी, जिसने नजीब की बौखलाहट को बढ़ा दिया था।

6

फ़्लैट का माहौल कुछ संजीदा था। नज़र मुरादाबादी अपने बुज़ुर्ग दोस्त और माहिर शायर नज़ीर रूहानी के पायताने बैठा, उनके पाँव गोद में रखे हल्के-हल्के पिंडलियों को दाब रहा था। फ़र्श पर एक ऐश-ट्रे रखा था जोकि सिगरेट के फ़िल्टरों से खचाखच भरा हुआ था, धुआँ और बू अब भी कमरे में थे। नज़ीर रूहानी एक बारीश[1] बुज़ुर्ग थे, तल्मीह-निगारी[2] में उनका कोई सानी नहीं था। इधर पिछले बीस-बाईस रोज़ से नज़र मुरादाबादी उनका बिलकुल चेला बना हुआ था। बात ये थी कि भिवंडी में होने वाले एक मुशायरे को ठुकराकर वो अँधेरी के नए मुशायरे में अपना नाम

1. दाढ़ी वाला।
2. ऐसा शायराना कलाम जिसमें इतिहास या क़ुरआन के क़िस्सों का ज़िक्र हो।

लिखवाना चाहता था, जिसके बारे में उसे इल्म था कि अच्छी-ख़ासी रक़म भी मिल सकती है और नाम भी जम सकता है और ऐसे में अगर कोई उसके काम आ सकता है तो नज़ीर रूहानी, जिनकी अँधेरी के मुशायरे के कन्वीनर से बड़ी अच्छी दोस्ती थी। हालाँकि ये बात न नज़ीर ने छेड़ी थी और न उस्ताद ने ये ज़ाहिर किया था कि उन पर शागिर्द की नीयत सुबह के उजाले की तरह रोशन है। फिर भी आँखों ही आँखों में एक अनुबन्ध हो चुका था, जिसके हिसाब से मुशायरे के हो जाने तक, नज़ीर रूहानी के नाश्ते-पानी से लेकर सिगरेट, पान और दूसरी सेवाओं का ख़ास ख़याल नज़र मुरादाबादी के हिस्से में आया था। उसके सेवा करने के अन्दाज़ से ये लग सकता था कि वो आलिम और शायर लोगों की बड़ी क़द्र करता था मगर ऐसा था नहीं।

दरअसल भिवंडी का मुशायरा उसने जान-बूझकर छोड़ दिया था। उसकी नई बीवी, जो कि पहले एक हवलदार की पत्नी और ग़ैरमुस्लिम थी, उसे भिवंडी के आसपास के किसी इलाक़े से भगाकर वो अपने साथ लाया था। वहाँ वो फ़रार था, लड़की उसके निकाह में आने के लिए मुसलमान हो गई थी और सांताक्रूज़ की एक लड्डू फ़ैक्टरी में लड्डू बनाने का काम भी करने लगी थी, मगर नज़ीर बेकार और आवारा था। बीवी पर शादी के बाद ही ये खुला कि जिसके लिए उसने सात आसमान की मुश्किलों को पार किया और जिस दरिया को वो सोने का स्वर्ग समझकर उसमें कूद पड़ी, वो धोखे के सिवा और कुछ नहीं था। आँख खुल चुकी थी, ख़्वाब टूट चुका था, मगर शादी चल रही थी।

नज़र के बारे में मशहूर था कि इससे पहले वो ऐसी ही दो नाकाम शादियाँ और कर चुका है। वो किसी नए इलाक़े में जाता,

वहाँ कोई लड़की ढूँढ़ता, उसे बहला-फुसलाकर उससे शादी करता, फिर उसी को काम पर लगाकर अपनी उन्हीं आवारागर्दियों में लग जाता, जिनसे तंग आकर बीवी किसी दूसरे मर्द के साथ या कभी अकेले ही फ़रार हो जाती। नज़र ज़्यादातर कमाई के आसान धंधे ढूँढ़ता था। उसे नौकरी करना, वक़्त पर कहीं आना-जाना, पीठ टिकाकर या दौड़-भाग करके कोई काम करना अपने ख़याल में बेकार ही जान पड़ता। वो दलाली के छोटे-मोटे काम करके कमीशन की रक़म तो बना लिया करता था मगर उसमें भी कामचोरी और आसान रास्ते तलाश करने की लत इस हद तक बढ़ चुकी हैं कि सौदा पट जाने तक का इन्तिज़ार भी उसके लिए नामुमकिन होता और क्लाइंट से पहले ही कमीशन निकलवाने की तिकड़मों में वो अक्सर उन दलाली के छिटपुट कामों से भी हाथ धो बैठता। वो कई तरह के नशे भी करता था, जिनमें स्मैक, चरस, गाँजा, अफ़ीम सभी कुछ शामिल था। शक्ल-ओ-सूरत बताती थी कि किसी ज़माने में वो अच्छे क़द का एक ख़ुश-रंग आदमी रहा होगा मगर नशे की आदत और आसान रोज़गार की फ़िक्र के साथ-साथ औरतबाज़ी की लत ने उसे बिलकुल बदहाल कर दिया था। जिस्म कभी तन्दुरुस्त रहा होगा मगर अब पिचककर बिलकुल किसी मुरझाए हुए ग़ुब्बारे की शक्ल इख़्तियार कर गया था। आँखें अन्दर को धँस गई थीं और उनके नीचे दसियों झुर्रियाँ उभर आई थीं, चमक भी प्रभावित हुई थी। चेहरा पीला पड़ गया था। किसी बात पर जब वो बे-इख़्तियार हँसता तो मालूम होता कि उसके जबड़े ने पिछले दाँतों का साथ देना रफ़्ता-रफ़्ता कम कर दिया है, बल्कि नीचे की एक दाढ़ तो बिलकुल झड़ चुकी थी। सीने पर बाल थे, मगर अब उनकी भी शक्ल किसी कुचली हुई झाड़ी की तरह हो गई थी। कमाई के

आसान रास्तों पर चलते-चलते कब वो इतनी मुश्किलों में घिर गया था, उसे ख़ुद भी अन्दाज़ा नहीं था बल्कि अब भी उसका यक़ीन इस बात पर था कि इस दुनिया में अगर थोड़ी-सी अक़्लमन्दी, चापलूसी और बेशर्मी से काम लिया जाए तो हाथ-पैर हिलाने की कोई ख़ास ज़रूरत नहीं है।

नज़ीर रूहानी एक ख़ुशामदपसन्द बन्दा था। उसकी तबीयत तारीफ़ से गुदगुदा उठती थी और इस बात का अन्दाज़ा दो-एक मुलाक़ातों में नज़र मुरादाबादी ने लगा लिया था। उसने इस बात को आज़माने के लिए एक बार किसी होटल में नज़ीर रूहानी को चाय पिलाते वक़्त पहले तो उससे शेर सुने और फिर बहुत-सी तल्मीहात[1] न समझ में आने के बावजूद भी तारीफ़ पर तारीफ़ करता रहा। उसने महसूस किया कि हर बार जब वो तारीफ़ करता, नज़ीर रूहानी की मुस्कान कुछ और चौड़ी हो जाती, उसके चेहरे पर गुलाबी रंग बिखर जाता और ऐसा महसूस होता जैसे किसी ने उसकी आँखों में लश्कारे छोड़ दिये हों। इतनी देर में नज़ीर ने उससे एक दफ़ा भी नहीं पूछा कि उसे शेर समझ में आया भी या नहीं। इत्तिफ़ाक़ ये हुआ कि थोड़ी देर में वहीं से क़ारी मुस्तक़ीम का गुज़र हुआ, वो अपनी बाइक रोककर बराबर की किसी स्टेशनरी पर कोई कारोबारी गुफ़्तुगू कर रहे थे कि उन्हें नज़र मुरादाबादी की आवाज़ सुनाई दी। पलटकर देखा तो बराबर में लगे एक बाम्बू से सटे स्टूल पर नज़ीर रूहानी और नज़र मुरादाबादी उसे दिखाई दिये। मेज़ पर काँच के दो छोटे गिलासों में बची-खुची चाय मौजूद थी और साइड में एक टीन की छोटी-सी कटोरी में ख़स्ता पापे सजे हुए थे।

---

1. तलमीह (गूढ़ संकेत) का बहुवचन।

क़ारी मुस्तक़ीम ने पहले तो वहाँ से टलना चाहा कि वो नज़र मुरादाबादी की ठरकबाज़ियों के क़िस्से बहुत सुन चुका था। वो जब भी नज़र को देखता उसे अपनी जवान बीवी उसकी बाँहों में दिखाई देती। उस वक़्त भी उसे यही महसूस हुआ जैसे वो सड़क पर तनहा खड़ा है, चौक की परली तरफ़ किसी गाड़ी ने डीज़ल का काला धुआँ उसके मुँह पर दे मारा है, और कड़वा गला लिये अपनी बीवी को नज़र मुरादाबादी के साथ पापे खाते और चाय पीते देख रहा है। नज़र मुरादाबादी की आँखों में चमक है और लबों पर एक ऐसी मुस्कुराहट, जिसमें उसकी मर्दानगी के सारे क़िस्से तारों की तरह सिमटकर एक केन्द्र पर जमा हो गए हैं और उनकी जगमगाहट ने पूरे मंज़र को ढाँप लिया है। डीज़ल का काला धुआँ गले में उतारकर बुरी तरह खाँसते हुए क़ारी मुस्तक़ीम अपनी बीवी की तरफ़ देखना चाहता है, मगर वो कहीं दिखाई नहीं देती। इधर-उधर बेचैनी से देखने के बाद जब दोबारा उसकी आँखें नज़र मुरादाबादी से दो-चार होना चाहती हैं तो क्या देखती हैं कि नज़र उसकी बीवी को गोद में बिठाकर उसकी गर्दन पर एक लम्बा बोसा खींचते हुए क़ारी मुस्तक़ीम को उसके नामर्द होने का एहसास दिला रहा है। उसका एक हाथ मुस्तक़ीम की बीवी की जाँघ पर मज़बूती से जमा हुआ है और उसे एक ऐसी गाली से नवाज़ रहा है, जिसको सुन पाने की हिम्मत उसमें नहीं। वो जल्दी में कुछ कहना चाहता तो डीज़ल का गाढ़ा धुआँ उसके मुँह, नाक, गले, कान सब जगह भर जाता है, उसे शदीद उमस का एहसास होता है, अल्फ़ाज़ काला धुआँ बनकर हवा में फैल जाते हैं और मुँह से सिर्फ़...ऐक़् ऐक़् की अजीब आवाज़ निकलती हुई महसूस होती है। वो तैरने के अन्दाज़ में हवा में हाथ-पाँव मारने लगता है, तभी उसे एहसास होता है कि

कोई पीठ सहला रहा है, एक गूँजती हुई आवाज़ उसके कानों से टकराती है, धुआँ धीरे-धीरे छँटने लगता है और वो देखता है कि नज़र मुरादाबादी और नज़ीर रूहानी दोनों ही उसे टेबल तक ले आए हैं, वो बैठा है, उसके हाथ में चाय की प्याली है, जिससे सफ़ेद धुएँ की नन्ही-नन्ही लहरें उठ रही हैं।

वो खिसककर पीछे बैठता है, इन्द्रियों पर क़ाबू पाता है और धीरे-धीरे उसके ज़ेहन पर ये बात रोशन होती है कि वो अपनी ही बद-ख़याली के काले धुएँ से घिर गया था। ये सोचकर उसे इत्मीनान होता है और हँसी आ जाती है। चाय छलकती है, आँखों में पानी भर आता है और वो हवन्नक़ों की तरह जब अपने आसपास का जायज़ा लेता है तो नज़र मुरादाबादी की आवाज़ दोबारा उसे सुनाई देती है।

"मुस्तक़ीम भाई, नज़ीर साहब ने क्या बेहतरीन ग़ज़ल लिखी है, ज़रा इसका मतला[1] तो सुनाइए इन्हें भी?"

क़ारी मुस्तक़ीम अब पूरी तरह होश में आ गया था, उसे अपने क्षणिक बावलेपन से छुटकारा मिल चुका था। किसी चूहे की तरह बिल से बाहर निकलने की छोटी-सी राह पाते ही वो अपने अन्दर के ख़ौफ़ से निकलकर दूर भागा और उसने ग़ज़ल की बोरी में पनाह लेनी चाही।

"अरे सिर्फ़ मतला ही क्यों, पूरी ग़ज़ल सुनाइए नज़ीर भाई," उसने अपने गुलाबी मसूड़ों की नुमाइश करते हुए कहा।

नज़ीर रूहानी एक और श्रोता के इज़ाफ़े पर ख़ुश हो गया और उसने ज़रा देर पहले सुनाई हुई ग़ज़ल का मतला इरशाद किया—

सामरी तू करे हज़ारों तिलिस्म

1. ग़ज़ल का पहला शेर।

उसने मिसरे पर ज़ोर देते हुए उसे दोबारा दोहराया—

सामरी तू करे हज़ारों तिलिस्म

फिर तीसरी बार कहा—

सामरी! तू करे हज़ारों तिलिस्म
काम आना है बस ख़ुदा का ही इस्म

जवाब में तमाम श्रोता वाह-वाह की सदा बुलन्द करने लगे। लेकिन ख़यालों में अपनी दुल्हन को नज़र मुरादाबादी की गोद से वापिस छीनने का एक यही तरीक़ा था कि उसे नज़ीर रूहानी के सामने बेइज़्ज़त किया जाए। पूरा नया नगर जानता था कि वो कितना बड़ा चापलूस है। लेकिन आज इसका ढोल ज़ोर से पीटने की ज़रूरत थी। क़ारी मुस्तक़ीम ने नज़र की पीठ पर हाथ मारते हुए कहा।

"ग़ज़ब कर दिया उस्ताद ने और ये सामरी का लफ़्ज़ कितने सलीक़े से इस्तेमाल किया गया है।"

नज़र मुरादाबादी पता नहीं कैसे मगर क़ारी मुस्तक़ीम की नीयत भाँप गया। उसने फ़ौरन हाँ में हाँ मिलाते हुए कहा।

"यही तो कमाल है उस्ताद का, लेकिन अगला शेर इससे भी आला है, उस्ताद सुनाइए न प्लीज़ प्लीज़..."

नज़ीर रूहानी तारीफ़ों से फूलकर कुप्पा हो रहा था, और उधर क़ारी मुस्तक़ीम को ये फ़िक्र थी कि कैसे इस बदमाश को ज़लील किया जाए। नया नगर की सड़क पर कोई हादसा हो जाए तो भी शायद लोग इतनी तेज़ी से तवज्जोह नहीं देते थे जितना किसी का शेर सुनते ही देते थे। चुनाँचे अगले दो-तीन शेरों को पढ़ने की देर थी, तारीफ़ों की सदाओं ने सुनने वालों की तादाद को दो से सात

कर दिया। नज़र मुरादाबादी अब भी सबसे ज़्यादा जोश से, बल्कि उछल-उछलकर दाद दे रहा था और क़ारी मुस्तक़ीम मुट्ठियाँ भींच-भींचकर। उसे समझ ही नहीं आ रहा था कि कौन-सी तरकीब से इस चलते पुर्ज़े को ज़ेर करे। जब लोगों की तादाद बढ़ने लगी और नज़ीर रूहानी पहली से दूसरी और दूसरी से तीसरी ग़ज़ल की तरफ़ बढ़ने लगा तो उसने नाचार महफ़िल के लोगों से इजाज़त चाही और सब के इनकार पर एक हल्के-फुल्के बहाने का फाहा रखकर महफ़िल से चम्पत हो लिया।

7

"एक चीज़ होती है तजनीस[1], फिर इसकी क़िस्में होती हैं, जैसे तजनीस-ए-ताम, तजनीस-ए-ख़त्ती, तजनीस-ए-सौती वग़ैरह-वग़ैरह।" नजीब उस वक़्त नसीम बरेलवी के घर पर था। वो बड़े शौक़ से उसे सुन रही थी। पास ही शहनाज़ बैठी आलू छील रही थी। उसके हाथों की रफ़्तार सुस्त थी, आँखें नीचे झुकी हुई थीं, मगर कान इसी तरफ़ लगे थे। हालाँकि उसे समझ कुछ नहीं आ रहा था, फिर भी वो उस दुबले-पतले नौजवान को सुन रही थी। ख़ालिद और सरदार दोनों घर पर नहीं थे। वक़्त यही कोई दोपहर का था, किचन से पानी की धार और बर्तनों की खटपट

1. एक शब्दालंकार, जिसमें किसी शेर में एक जैसे शब्द लाए जाते हैं, जिनका अर्थ भिन्न हो।

की आवाज़ आ रही थी, जिससे मालूम हो रहा था कि नसीम की वालिदा बर्तन धो रही हैं।

"तजनीस-ए-ताम की मिसाल में अपना एक क़ितआ सुनाता हूँ—

उस शम-ए-दिल के तौफ़[1] *को राज़ी अगर परवाना हो*
ये जल मरे या मर मिटे उसको मगर पर्वा ना हो
इक धीमा-धीमा सोज़ हो, इस हल्के-हल्के साज़ में
ये राज़-ए-दिल हरगिज़ मगर उसकी नज़र पर वा ना हो।"

नसीम ने बेधड़क एक वाह-वाह की सदा बुलन्द की। वो शहनाज़ को झिंझोड़ती जाती और कहती जाती, "यार क्या ज़बरदस्त लफ़्ज़ों का खेल रचा है, वाह मेरे भइया, क्या कहते हैं इसे, सुना शहनाज़, ये लड़का कितना होनहार है।" जवाब में शहनाज़ ने पलकें उठाईं और नजीब को एक नज़र देखा फिर अपनी बहन की दीवानगी पर मुस्कुराती हुई तसला उठाकर किचन की तरफ़ चली गई। नजीब की निगाहों ने गैलरी की चौखट तक उसका पीछा किया। मगर फिर उसे नाचार नसीम की तरफ़ ही ध्यान देना पड़ा।

"भइया इसे क्या कहते हैं? क्या बताया था?" वो डायरी खोलकर बैठ गई और नजीब के बताने पर देवनागरी में उसे नोट करने लगी, "ये तो हुई तजनीस-ए-ताम, मगर तुमने कुछ और भी नाम बताए थे, वो क्या थे?" उसने किसी जिज्ञासु छात्रा की तरह पूछा।

"तजनीस-ए-ख़त्ती और तजनीस-ए-सौती।"

"अच्छा इसकी भी कुछ मिसालें दे दो, ताकि मैं भी ऐसे कुछ

---

1. फेरा, चक्कर।

शेर कहकर लोगों पर कुछ रोब जमा सकूँ। उसने आँख मारकर क़हक़हा लगाया और नजीब के कन्धे पर प्यार से एक ज़ोरदार हाथ जमा दिया। नजीब का सारा ध्यान शहनाज़ की तरफ़ था, और इसी की वजह से वो इस पिछलग्गू शागिर्दा को झेलने पर मजबूर था। उसने बुझे-बुझे लहजे से कहा,

"तजनीस-ए-खत्ती उसे कहते हैं, जिसमें अल्फ़ाज़ दिखने में तो एक जैसे मगर उनमें नुक़्तों या एराब[1] का फ़र्क़ हो?"

"हैं...किसका?"

"ज़ेर, ज़बर का। मतलब एक लफ़्ज़ में अगर किसी एक हर्फ़ पर ज़बर लगा हो तो दूसरे में उसी पर ज़ेर या पेश।"

"ए भइया ज़रा खुलकर बताओ ना, मैं नोट कर रही हूँ। इसकी कुछ मिसाल भी दे सकते हो?"

"आप अभी ज़्यादा न उलझिए," उसने एक तजुर्बाकार उस्ताद की तरह कहा, "फ़िलहाल इतना ही काफ़ी है कि आप तजनीस-ए-ताम को समझ गई हैं। नाम याद रखिए और ऐसे ही एक-दो शेर मुझे कहकर दिखाइए।"

"अच्छा...हाँ ये भी सही है..." नसीम ने बुझे दिल से कहा और डायरी में कुछ लिखने की कोशिश करने लगी। नजीब जाने के लिए उठ ही रहा था कि नसीम ने उसका हाथ पकड़कर बिठा दिया।

"बड़ा तकल्लुफ़ करते हो भइया तुम, अभी आए और अभी जा रहे हो..."

फिर उसने किचन में माँ को आवाज़ें दीं मगर वो पानी के शोर में कहीं गुम हो गईं...क्योंकि पानी अभी भी वाशबेसिन में शर्र-शर्र

---

1. मात्राओं।

बहे जा रहा था। नसीम ने झुँझलाकर शहनाज़ को दो-तीन आवाज़ें दीं, मगर किसी ने नहीं सुना तो कुछ कहे बग़ैर अन्दर की तरफ़ उन्हें बुलाने के लिए चली गई। वो इतनी तेज़ी से गई कि नजीब को कुछ कहने का मौक़ा ही नहीं मिला। अन्दर के कमरे से नसीम की आवाज़ें आ रही थीं।

नजीब ने हॉल पर एक भरपूर निगाह दौड़ाई। बड़ी-सी एक स्लाइडिंग जिस पर ग्रिल लगी हुई थी, आधी से ज़्यादा खुली हुई थी। नजीब अगर वहाँ खड़ा होता तो दीवार शायद उसकी कमर तक ज़रूर आती और ग्रिल को छूने के लिए तो उसे थोड़ा झुकना भी पड़ता कि वो थोड़ी गहरी थी। दीवार पर हल्का नीला रंग था। पेंट शायद पुराना नहीं था मगर इतना अरसा उस पर ज़रूर बीत गया था कि वो जो उसकी महक होती है, मर गई थी। हॉल में दो मूढ़े रखे थे और एक गद्दा बिछा था। कोने में रखी लकड़ी की अलमारी के ऊपरी पट शीशे के थे, जबकि अलमारी के पेट में एक पुराने तर्ज़ का टेलीविज़न रखा हुआ था। पता नहीं उसका रीमोट कहाँ था, क्योंकि अलमारी पर तो नज़र नहीं आ रहा था। हॉल इतना बड़ा तो था ही कि दरवाज़े से स्लाइडिंग तक आने में शायद पच्चीस से ज़्यादा और दाईं दीवार से बाईं दीवार तक पहुँचने में तेरह या चौदह क़दम का फ़ासला तय करना होता।

कमरे में कोई बू नहीं थी, बस हवा का एक अलकसाया हुआ एहसास था जो नज़रों से तो परे था मगर बदन के रूएँ जिसे महसूस कर सकते थे। फिर उस घर में, अन्दर के कमरे में शहनाज़ जैसी एक ख़ूबसूरत लड़की थी और उसके तसव्वुर से इस घर की रौनक, इसकी दीवारों की रंगत और यहाँ तक कि बाहर के उजाले में मौजूद एक ख़ास फ़र्क़ वो महसूस कर सकता था। नजीब उस

वक़्त एक गहरी नाकामयाबी के साथ उम्मीद और ख़ौफ़ की मिली-जुली कशमकश में गिरफ़्तार था। उसका दिल चाहता था कि दरवाज़ा खोलकर बाहर निकल जाए। शायरी, क्या शायरी में वाक़ई इतना असर है कि वो किसी के दिल को छू सके? क्या उसकी हुनरमन्दी शहनाज़ के पके हुए होंठों का मुक़ाबला कर सकती थी? ये क़ाफ़िए, रदीफ़ें, मुसद्दस[1], मुसम्मन[2], मतले, मक़्ते, मुराआतुन्नज़ीर[3] या रेख़्ता... इन सबसे किसी हसीन लड़की को कैसे रिझाया जा सकता है? ये सब मुमकिन नहीं है। वो दिल ही दिल में ज़रूर इस पर हँसती होगी। अगर वो उसकी क़ाबिलियत से प्रभावित हो सकती तो क्या उसे इस तरह नज़रअन्दाज़ करके शायरी के सौन्दर्यशास्त्र के मुक़ाबले में ज़मीन के अन्दर पनपने वाले आलू पर इतनी तवज्जोह ख़र्च करती। उसने कब उसकी तरफ़ देखा था? वो सुन भी रही होगी तो सोचती होगी कि कैसा सरफिरा नौजवान है? नौजवानी के आलम में, बहार के दिनों में, शबाब की रौनक़ को नज़रअन्दाज़ करके बूढ़ों वाली किताबी बातें कर रहा है...या नहीं, ये सिर्फ़ मेरा एहसास-ए-शिकस्त है, जिसे मैं ख़ुद पर हावी नहीं होने दे सकता। वो ज़रूर मुझे सुन रही थी, वो मेरी क़ाबिलियत से प्रभावित भी है, वरना आलू छीलने के लिए क्या इस लक़-ओ-दक़ फ़्लैट के दूसरे कोने या कमरे कम पड़ गए थे, जो वो यहीं बैठी थी? कोई भी शरमीली लड़की किसी लड़के को इतनी बेख़ौफ़ निगाहों से अपनी बहन की मौजूदगी में कैसे देख सकती है? ज़रूर उसको शर्म आ गई होगी।

1. ऐसी कविता जिसके हर बन्द में छह पंक्तियाँ हों।
2. ऐसी कविता जिसके हर बन्द में आठ पंक्तियाँ हों।
3. एक शब्दालंकार जिसमें एक चीज़ के वर्णन में उससे संबद्ध और चीज़ों को भी लाया जाए जैसे धनुष के साथ बाण।

नजीब सोच रहा था कि वो शायर है, और शायरों की जवानियाँ, उनकी ज़िन्दगी के रंगीन वाक़ियात, औरतों पर शायरी के गहरे असरात और ख़ासतौर पर उर्दू शायरी की नफ़ासत, लफ़्फ़ाज़ी और उसके रंग का जादू, क्या ये सब उसने किताबों में नहीं पढ़ा था? क्या उसे नहीं मालूम था कि ग़ालिब पर जवानी में एक डोमनी मरती थी? क्या वो नहीं जानता था कि फ़ैज़ और साहिर के इश्क़ में कितनी औरतें गिरफ़्तार थीं? उसे मालूम था इश्क़ नामनिहाद मर्दों के लिए नहीं बना है, बहादुरों के लिए नहीं बना है, हुस्न की सही क़द्र-ओ-क़ीमत सिर्फ़ शायरों के ही हिस्से में आई है और वही हमेशा औरतों के सही क़द्रदान रहे हैं, जज़्बात के भेदों से वाक़िफ़ रहे हैं। क्या वो नहीं देखता कि फ़िल्मों में भी हीरोइन को रिझाने के लिए हीरो को एक नग़मे की ज़रूरत होती है। मगर फिर अगले ही लम्हे उसे ख़याल आया कि झूठ, सब झूठ...वो अभी कल ही तो पढ़ रहा था कि अख़्तर शीरानी, जिस सलमा, अज़रा का ज़िक्र अपनी शायरी में करते थे, जिनकी तरफ़ से उन्हें ख़त मिलते थे, शोध से साबित हुआ है कि वो ख़त उन्होंने ख़ुद अपने आपको लिखे थे। मजाज़ जैसा शायर एक शादीशुदा औरत को सामाजिक नैतिकता से अलग करके अपनी दुनिया में नहीं ला सका। मीराजी कैसे मीरा के दीवाने होते हुए भी एक शायरा पर रीझ गए, जिसने उन्हें घास तक न डाली। तो क्या उसका क़लम इन महत्त्वपूर्ण शायरों के क़लम से भी ज़्यादा जादुई अक्षर गढ़ सकता है? नहीं, बिलकुल मुमकिन नहीं...तो वो क्या करे...उसके हक़ में यही अच्छा है कि वो उठे और अभी दरवाज़ा खोलकर इस उम्मीद की सरफिरी दुनिया से दूर भाग जाए।

वो ये सोचकर उठ खड़ा हुआ, अभी दरवाज़े की तरफ़ जाने

का इरादा कर ही रहा था कि गैलरी से शहनाज़ का हँसता हुआ चेहरा सामने आया। उसके हाथ में चाय और नमकीन की एक ट्रे थी। नजीब को खड़ा देखकर उसने अपनी बड़ी-बड़ी आँखों को फैलाते हुए कहा,

"आप जा रहे हैं?"

चाप से मालूम हो रहा था कि पीछे-पीछे नसीम भी यहीं आ रही है।

8

सुबह का साढ़े आठ बजा था। घर के सब लोग सो रहे थे, सिवाय मजीद साहब की बीवी के। वो अपनी तस्बीहों[1] और फ़ज्र की क़ज़ा[2] से थोड़ी देर पहले ही फ़ारिग़ हुई थीं। दरवाज़े पर दो बार दस्तक हुई। पहली बार आहिस्ता और दूसरी बार ज़रा ज़ोर से। उन्होंने जाकर दरवाज़ा खोला तो सामने एक घनी मूँछों वाला शख़्स एक बुर्क़ापोश औरत के साथ खड़ा था। बुर्क़ापोश औरत ने अपने हाथ बग़लों में दबाए हुए थे, जबकि मर्द कुर्ता-पाजामा पहने, बड़ी घूरती हुई निगाहों से मजीद साहब की बीवी को देख रहा था।

"आइए-आइए तशरीफ़ लाइए!"

---

1. ईश्वर या अल्लाह का नाम जपने वाली माला।
2. वो इबादत जो अपने तय वक़्त पर न की गई हो।

उन्होंने फ़्लैट के मालिक को अन्दर आने का इशारा किया और वो दोनों फ़्लैट में जिस तरह दाख़िल हुए, उस तरह किसी भी घर में सिर्फ़ उसका मालिक ही दाख़िल हो सकता है। बड़ी-सी खिड़की पर पर्दे पड़े थे इसलिए ड्राइंग रूम में भी अँधेरा हो रहा था। दरवाज़े के दाईं जानिब लम्बी-सी लॉबी थी जिसका रास्ता बाईं तरफ़ किचन और सीधे एक छोटे से कमरे की तरफ़ जाता था। ड्राइंग रूम में दो गद्दे बिछे हुए थे, जिसमें एक पर मजीद साहब लेटे थे, उनके बराबर की जगह ख़ाली थी, और उसकी सिलवटें अभी दूर नहीं हुई थीं, जिससे महसूस होता था कि उनकी बीवी को जागे हुए भी आधा-पौना घंटे से ज़्यादा का अरसा नहीं हुआ है। बराबर में एक लड़का और उसकी बग़ल में लड़की दोनों हाथ ऊपर किये अपनी उभरती हुई जवानी के आलम से बेख़बर नींद के मज़े लूट रही थी। दाईं तरफ़ दीवार से एक गद्दा सटा हुआ था, जिस पर कोई लेटा नहीं था और जो ख़ास तौर पर मेहमानों के बैठने के लिए ही रखा गया था। उसी पर बैठने का इशारा करते हुए मजीद साहब की बीवी लड़के-लड़की को झिंझोड़कर उठाने लगीं, साथ ही साथ वो मजीद साहब को भी आवाज़ें देती जातीं—

"अरे...अरे सुनिए...देखिए मलिक साहब आए हैं...बेटा उठो अन्दर चली जाओ...तनवीर...उठो बेटा देखो अंकल आए हैं।"

दोनों बच्चे इस बे-वक़्त की आफ़त पर हड़बड़ाकर उठे और आँखें मिलाए बग़ैर अन्दर के कमरे की तरफ़ भागे। उनकी जल्दबाज़ी बता रही थी कि वो अभी नींद के दायरे से बाहर नहीं आ पाए हैं। उन्होंने दरवाज़े पर खड़े घर के मालिकों को सलाम भी नहीं किया। इतनी देर में मजीद साहब भी जाग गए थे। पहले तो उन्होंने पलटकर चिड़चिड़ाए अन्दाज़ में बीवी की तरफ़ देखा, फिर दरवाज़े पर मकान

मालिक और उसकी बीवी को खड़ा हुआ देखकर नीम-दराज़ होते हुए नींद की बर्फ़ को तोड़ते हुए, भारी गले से बोले,

"ओहो...मलिक साहब आइए, बैठिए!!

इस दूसरी गुज़ारिश पर भी जब मलिक साहब और उनकी बीवी कहीं नहीं बैठे तो चादरें तहाती हुई मजीद साहब की बीवी अन्दर रखी प्लास्टिक की कुर्सियाँ लेने भागीं। शायद एक औरत के हाथ में प्लास्टिक की ही सही मगर भारी चीज़ देखकर मलिक साहब की मर्दानगी को शर्म-सी महसूस हुई और उन्होंने आगे बढ़कर उनके हाथ से कुर्सी ली और अपनी बीवी को उस पर बैठने का इशारा किया। दूसरी कुर्सी उठाकर उन्होंने गद्दे सरकाते हुए मजीद साहब के बिस्तर के बिलकुल सामने रखी, और फिर उस पर अपने कूल्हे टिका दिये। हत्थे पर दोनों हाथ रखकर वो तकल्लुफ़ से यूँ बोले,

"मजीद साहब, सब ख़ैरियत तो है? मैंने सईद से पैग़ाम भिजवाया था, शायद वो पैग़ाम देना भूल गया...आपकी तबीयत तो ठीक है?"

इस आख़िरी जुमले पर उनकी बीवी ने पहलू बदला और उन्हें देखकर मजीद साहब की बीवी की आँखों में ख़ौफ़ और ज़िल्लत की एक लहर बेदार हुई, जिससे बचने के लिए वो फ़ौरन किचन में घुस गईं...फिर किसी ख़याल से बाहर आकर उन्होंने मलिक साहब की तरफ़ देखते हुए पूछा,

"आप लोग बात कीजिए मैं नाश्ता लगाती हूँ।"

अभी मलिक साहब कुछ कहते इससे पहले ही उनकी बीवी ने आँखों के ग़ुल्ले नचाते हुए कहा,

"नहीं बाजी, नाश्ता करने नहीं आए हैं।"

ऐसा लगा जैसे माहौल में गूँजने वाली शरीफ़ आवाज़ को किसी ज़लील जुमले ने धक्का देकर गिरा दिया हो...एक ख़ामोशी-सी छा

गई। इस ज़िल्लत को बर्दाश्त करते हुए मजीद साहब की बीवी ने हँसते हुए कहा, "अच्छा कोई बात नहीं, चाय तो लीजिए, में अभी बनाकर लाती हूँ।"

वो दोबारा किचन में दाख़िल हो गईं और चाय बनाने के काम में जुट गईं मगर उनके कान बराबर ड्राइंग रूम की उस दबी-दबी गुफ़्तुगू की तरफ़ लगे रहे, जो मलिक साहब और मजीद साहब के दरमियान हो रही थी। वो जानती थीं कि महीने पर महीना बीत रहा है। मजीद साहब की इज़्ज़त इतनी ताक़तवर नहीं थी कि मकान मालिक की माँग को मात दे सके। उसकी बात ठीक भी थी। तीन महीनों से वो सिर्फ़ मजीद साहब के वादों का लिहाज़ करते हुए ही ख़ामोश था। एक-दो दफ़ा उसने मजीद साहब तक किराए की वसूली का पैग़ाम भी उन्हीं के एक शागिर्द सईद के ज़रिए भिजवाया, उस एजेंट से भी बात की, जिसने मजीद साहब को एक इज़्ज़तदार और शरीफ़ शख़्स बताकर ये फ़्लैट दिलवाया था। वो ख़ुद भी उनके अन्दाज़-ए-गुफ़्तुगू और मुहब्बत-भरे लहजे को पसन्द करता था। मगर ये सब बातें इतनी अहम नहीं थीं, ज़रूरी बात ये थी कि किराया नहीं गया था और ज़रूरी सवाल ये था कि किराया जाएगा कहाँ से। मुशायरा दूर था, शागिर्द ख़ुद कफल्लक थे। मजीद साहब किसी से कुछ लेते-लवाते भी नहीं थे। घर का ख़र्च और ज़िम्मेदारियाँ सब कुछ एक लड़के की सुपरमार्केट में मुलाज़मत की वजह से चल रहा था, फिर भी हर महीने बिल्डिंग के नीचे किरयाने की दुकान का क़र्ज़ इतना हो जाता था कि उधार चुकाते वक़्त भी थोड़ा उधार बाक़ी बच रहता था और साथ में अगला सामान लेने की वजह से क़र्ज़ की रक़म महाजन के सूद की तरह हर माह मोटी होती जा रही थी। तनवीर तो किसी जगह काम के लायक़ ही नहीं था। नजीब

बाप की डगर पर चल पड़ा था। वो दूसरों को सब कुछ मुफ़्त में लिख-लिखा कर दे देता मगर ख़ुद कभी चार पैसे कमाकर घर नहीं लाता था। कूरियर का काम भी छोड़ दिया था उसने...लड़की की उम्र दिन-ब-दिन बढ़ रही थी और उबलती हुई चाय की तरह उसका सीना भी लाख फूँके मारने पर नीचे बैठने पर राज़ी नहीं था।

चाय लाकर एक ट्रे में परोस दी गई। साथ में देने के लिए बिस्कुट और नमकीन कुछ भी नहीं था। मलिक साहब ने चाय की दो-एक चुस्कियाँ लीं और निगलीं, दूध की कमी की वजह से गहरी ख़ाकी चाय को कप में तैरता हुआ छोड़कर वो उठ खड़े हुए। उन्होंने मजीद साहब से हाथ मिलाया और दरवाज़े की तरफ़ बढ़ गए। उनकी बीवी भी उनके पीछे-पीछे बाहर निकल गईं, बस जाते वक़्त उनके मुँह से 'अस्सलामु अलैकुम' की आवाज़ उभरी।

दरवाज़ा जाने वालों ने ढुलका दिया था। मजीद साहब की बीवी ने मलिक साहब की बीवी का कप आगे बढ़कर उठाया तो देखा कि चाय उन्होंने भी दो घूँट से ज़्यादा नहीं पी थी। वो समझ गई थीं कि मालिक मकान एक दफ़ा फिर मजीद साहब के इस महीने के अन्त में किराया चुकाने के वादे पर रुख़सत हो गया था मगर महीना ख़त्म होने में ज़्यादा दिन नहीं थे, आज बाईस तारीख़ थी। जब वो ट्रे में दोनों कप रखकर वापिस किचन की तरफ़ जा रही थीं, मजीद साहब दीवार की तरफ़ मुँह करके दोबारा चादर से मुँह ढाँपकर लेट चुके थे।

9

तनवीर अब नसीम के घरवालों से बहुत घुल-मिल गया था। ये कहा जाए कि वो अपने घर बिलकुल आता ही न था तो ग़लत न होगा। उसका जिस्म तन्दुरुस्त था। आँखें हुस्न को सराहने के फ़न से वाक़िफ़ हो रही थीं और शहनाज़ से भी उसकी क़ुर्बत बढ़ती जा रही थी, कम-अज़-कम उसके अपनी समझ में। वो नसीम के घर के छोटे-बड़े कामों का ख़याल रखता। ख़ालिद और सरदार से भी उसकी काफ़ी गाढ़ी छन रही थी। कोई ऐसा काम न होता जिसमें वो नसीम की वालिदा को मायूस करता हो। वो बूढ़ी औरत थीं, बात-बात पर अक्सर खिसिया भी जातीं, नमाज़ें कम पढ़तीं मगर उनके कुछ वज़ीफ़े[1] बँधे हुए थे। मुवक्किलों[2],

1. किसी मंत्र आदि या क़ुरआन का जप या पाठ।
2. फ़रिश्ते।

जिनों, ख़न्नास[1] और आसेबों[2] पर उनका पुख़्ता यक़ीन था। फ़ाल[3] निकालने का तरीक़ा उनका निहायत अलग था।

किसी काम को करने के लिए वो पहले हाथ-मुँह धोतीं, दुपट्टे को कसकर चेहरे पर बाँधतीं और उसके बाद क़ुरआन को हाथों में उठाकर आँखें बन्द करके उसे पकड़तीं। धीरे-धीरे क़ुरआन (उनके बक़ौल) ख़ुद-ब-ख़ुद दाएँ या बाएँ घूमकर उस काम के नेक या बद-शगुन होने के बारे में उन्हें इत्तिला दे देता था। घर में अगर किसी शख़्स पर उन्हें शक है कि उसने उनसे झूठ बोला है तो उसे सामने बिठातीं और उसी तरह क़ुरआन हाथों में रखकर मुँह ही मुँह में कुछ बुदबुदाने लगतीं। उनका मानना था कि अगर सामने वाला झूठ बोल रहा है तो ज़रूर क़ुरआन उसकी तरफ़ घूम जाएगा और उन्हें पता चल जाएगा कि ये मुक़द्दस आसमानी किताब इस झूठे शख़्स की तरफ़ साफ़-साफ़ इशारा कर रही है। हद ये थी कि एक दफ़ा घर में उनकी मधुमेह बढ़ जाने के डर से नसीम ने मिठाई का डिब्बा, उनकी नज़र बचाकर काम वाली को दे दिया था। वालिदा को जब मिठाई नहीं मिली तो उन्होंने घर के सारे लोगों को बिठाकर क़ुरआन घुमाया और इत्तिफ़ाक़ से क़ुरआन ने भी नसीम की तरफ़ ही इशारा किया कि उसी ने वो मिठाई उनकी नज़र बचाकर कहीं ग़ायब कर दी है।

दुनिया की इतनी अज़ीम किताब से ऐसे घरेलू मुआमलात में मदद लेना उनकी आदत का हिस्सा बन गया था। तनवीर को इस पर हैरत थी और वो अक्सर नजीब को ये सब बताता था और दोनों

1. शैतान।
2. भूत-प्रेत।
3. अच्छे-बुरे का शगुन।

भाई इस बात पर ख़ूब हँसते भी थे। मगर नसीम के घर पर मौजूद होते तो उसकी वालिदा की हर बात पर दोनों भाई कोई झूठा हर्फ़ भी न लाते। नसीम की वालिदा अक्सर शहनाज़ को डाँट-फटकार लगाया करती थीं कि वो क्यों इतनी सुस्त है, कोई काम जी लगाकर नहीं करती। किसी घर जाएगी तो उनकी बड़ी बदनामी होगी कि बेटी को क्या सिखाया है। एक बेटी तो वैसे ही शायरी-वायरी के चक्कर में पड़कर ग़ारत हो गई है, दूसरी बेटी का भी शायद कुछ न बन सके। बेटा अलग अपनी मौज-मस्तियों में पड़ा रहता है। ऐसे में सिर्फ़ एक सरदार था, जिसमें उन्हें कोई बुराई नज़र नहीं आती थी। वो उनकी हर बात का, दवाओं का, खाने का और उनके बोर होने तक का ख़याल रखता था। तनवीर भी उसी से सीख रहा था कि घर-दामादी का हुनर क्या होता है, किस तरह एक औरत को सास बनाने के लिए रिझाया जा सकता है। इसलिए उसने भी शिकायत-भरे शब्दों को भूलकर पूरी दृढ़ता से अपनी जवानी को नसीम के घर की ख़िदमत में लगाने का संकल्प ले लिया। बाज़ार से आंटी के साथ सामान वो लाए, गेहूँ छनवाए भी, और उन्हें पिसवाने भी फ़्लोर-मिल पर ले जाए, फिर शाम को उसे वापिस भी लाए। कैटरिंग के किसी प्रोजेक्ट में चीज़ों या लोगों की फ़ेहरिस्त बनानी हो तो ख़ालिद की मदद तनवीर करे। नसीम खिड़की में बैठकर भीनी-भीनी हवा में कोई नज़्म गढ़े तो तनवीर उसे कापी में रक़म करे। शहनाज़ दाल बना रही हो और अचानक उसे ख़याल आए कि बघार के लिए ज़ीरा नहीं है तो बग़ैर किसी शिकायत के परचून की दुकान तक दौड़ लगा दे। नया नगर में पानी की बहुत क़िल्लत थी, अक्सर पानी घंटों-घंटों के लिए चला जाता। नसीम की वालिदा हौल-हौल कर आसमान सर पर उठा लेतीं। ऐसे में तनवीर ही था जो भोर के समय, जब सब

लोग चादरों में मुँह छुपाए ख़्वाब-ए-ख़रगोश के मज़े ले रहे होते, वो सरकारी वाटर-टैंक से (जोकि रोज़ सुबह पाँच से छह बजे के बीच शानदार कॉम्प्लेक्स के गेट पर खड़ा होता था) पानी के बीस-बीस लीटर के गैलन भर-भर कर लाया करता।

ग़रज़ घर के जितने काम थे, चाहे कैसे भी हों, अच्छे या बुरे, छोटे या बड़े, वो हर तरह का काम करता। रफ़्ता-रफ़्ता नसीम के घरवालों को उसकी आदत-सी हो गई थी। मन में किसी क़िस्म की ख़्वाहिश रखकर जब आप किसी इनसान की ख़िदमत करते हैं तो शायद आप पहले ही लम्हे में उसके एहसास-ए-जुर्म को ख़ुद ही उठाकर कूड़े के ढेर में फेंक देते हैं। किसी लालच में की गई मेहनत का सबसे बड़ा भुगतान ये है कि वही शख़्स उससे सबसे ज़्यादा बेख़बर रहता है, जिसके लिए आप हलकान हुए जाते हैं। तनवीर और शहनाज़ के बीच जो क़ुर्बत थी, वो शहनाज़ के लिए एक भाईनुमा बन्दे से, जो घरवालों की ख़िदमत पर मामूर था, थोड़ी-बहुत बात या हँसी-ठिठोल कर लेने की हद तक थी। मगर तनवीर के लिए इतनी-सी शहनाज़ ही, उसके मुस्तक़बिल की बीवी थी, उसकी मुहब्बत थी। जो (उसके बक़ौल) जितनी बेतकल्लुफ़ उसके साथ थी, शायद अपने घरवालों के साथ भी न थी। एक ही घटना को दो अलग-अलग लोग, जो ख़ुद ही कहानी के किरदार थे, बिलकुल अलग तरह देख रहे थे। शहनाज़ के लिए हक़ीक़त, हक़ीक़त थी, जबकि तनवीर एक वहम को सच मान बैठा था।

10

अँधेरा अभी ढला नहीं था, झुटपुटा ही था। मजीद साहब घर पर बैठे माक़ूल नक़वी से किसी मुआमले पर संजीदा गुफ़्तुगू कर रहे थे कि इतने में मिर्ज़ा अमानत एक शख़्स को अपने साथ लेकर हाज़िर हुआ। ड्राइंग रूम में कुछ दूसरे शागिर्द भी बैठे थे जो आपस में चुपके-चुपके मगर बड़े जोशीले अन्दाज़ में बातचीत कर रहे थे। दरवाज़ा खुलने पर पड़ोस से एक झिलमिलाते हुए फ़िल्मी नग़्मे की आवाज़ भी घर में आ पहुँची, जिस पर एक शागिर्द मौज में आकर चुटकियाँ बजाने लगा। मिर्ज़ा अमानत ने दरवाज़ा बन्द किया और अपने साथ मौजूद शख़्स को एक ओर बैठने का इशारा करके वो मजीद साहब यानी अपने उस्ताद की जानिब आगे बढ़ा। बारी-बारी उनसे और माक़ूल नक़वी से हाथ मिलाकर

वो बराबर ही बैठ गया और गुफ़्तुगू के ख़त्म होने का इन्तिज़ार करने लगा।

बात किसी शायर पर हो रही थी, जिसका जवानी में इंतिक़ाल हुआ था और जो मजीद साहब की जवानी के दिनों में उनका अच्छा दोस्त रह चुका था। उसका कोई संग्रह छपा नहीं था, मगर मजीद साहब ने जब उसके अशआर माक़ूल नक़वी को सुनाए तो वो फड़क उठा और नए सिरे से मौत नामी ट्रेजेडी पर एक गुफ़्तुगू छेड़ दी थी। शैले से लेकर मजाज़ तक का ज़िक्र उनकी गुफ़्तुगू में आ चुका था, वो अपनी गुफ़्तुगू के इंतिहाई दिलचस्प मोड़ पर था मगर मिर्ज़ा अमानत पालथी मारे कांधों को एक ख़ास अन्दाज़ में उचका रहा था। उसके इस ढंग से बेसब्री साफ़ झलक रही थी।

माक़ूल नक़वी यूँ तो उन मुआमलों में इतना माक़ूल आदमी नहीं था मगर शायद मिर्ज़ा अमानत के कन्धों की हरकत उसके नफ़ीस मिज़ाज पर चोट कर रही थी। चुनाँचे वो जल्दी में मजीद साहब से कोई बहाना करके उठ खड़ा हुआ। मजीद साहब को उसकी जल्दबाज़ी का सबब तब समझ आया जब मिर्ज़ा अमानत ने माक़ूल से बैठे रहने का आग्रह करने के बजाय अलविदाई मुसाहफ़े[1] के लिए खड़े होकर गर्मजोशी से हाथ मिलाया। मिर्ज़ा अमानत जिस शख़्स को अपने साथ लाया था, उसका परिचय ये था कि वो पहले एक प्रॉपर्टी डीलर था, मगर अब छोटा-मोटा सरमाया लगाकर कोई साइड बिज़नेस भी शुरू करना चाहता था। अभी तक उसका दफ़्तर भी नहीं था और वो सिर्फ़ अपने ताल्लुक़ात की बुनियाद पर इस फ़ील्ड में काम कर रहा था। नाम था वसीम। उसकी शक्ल देखकर

1. चलते वक़्त हाथ मिलाना।

अन्दाज़ा होता था कि प्रॉपर्टी डीलिंग के कामों के लिए जिस क़िस्म की बारीक होशियारी दरकार होती है, वो काम करते और समझते उसके हाव-भाव में, ज़बान-ओ-बयान में शामिल हो गई थी। वो मीरा रोड के मुख़्तलिफ़ इलाक़ों में बाइक पर घूम-घूम कर सौदे तय कराता था। चुनाँचे बात करते वक़्त अक्सर उसकी शहादत[1] की उँगली में बाइक की चाबी नाचती रहती थी।

इस वक़्त भी वो बैठा यही कर रहा था। आसपास शेर-ओ-शायरी की धीमी-धीमी गुफ़्तुगू सुन रहा था और साथ में चाबी घुमाते हुए उसकी नज़र अमानत की सरगोशियों की जानिब ही थी। अमानत के परिचय कराने पर मजीद साहब उससे बहुत मुहब्बत से मिले, जैसे कि वो हर एक से मिला करते थे, मगर अब भी वसीम की इस मुलाक़ात का मतलब उन पर रोशन नहीं हुआ था। शायद मिर्ज़ा अमानत असल बात करते हुए हिचकिचा रहा था, चुनाँचे वसीम ने ही थोड़ी-बहुत रस्मी गुफ़्तुगू के बाद मुद्दा साफ़ लफ़्ज़ों में बयान किया, और पूरी बात का जो मतलब मजीद साहब को समझ में आया वो ये कि वसीम ने क़ारी मुस्तक़ीम के यहाँ रखे मजीद साहब की किताबों के कार्टन देखे थे और मीरा रोड की शेरी-ओ-अदबी फ़ज़ा को भाँपते हुए उसे लगता था कि अगर यहाँ कोई छोटी-मोटी लाइब्रेरी क़ायम कर दी जाए तो लोग-बाग ज़रूर सस्ते दामों पर दस-पन्द्रह दिन के लिए अदबी-ओ-इल्मी किताबें किराए पर लेंगे और तब तो बिज़नेस के चमकने की सम्भावना और ज़्यादा है अगर लोगों को ये मालूम हो कि ये किताबें मजीद साहब की हैं। उसने इस मक़सद के लिए एक दुकान भी देख रखी थी और अगर मजीद साहब राज़ी हो जाएँ

1. सीधे हाथ की पहली उँगली।

तो वो दुकान को दो-चन्द रोज़ में ही हासिल कर सकता था। ये दुकान बिलकुल सड़क पर तो न थी, मगर बाज़ार की पिछली तरफ़ होते हुए भी, ऐसा न था कि लोगों की आवाजाही वहाँ बिलकुल न हो। चुनाँचे जैसे ही मजीद साहब इस बात के लिए अपनी रज़ामन्दी दे देंगे वो दुकान किराए पर ले लेगा।

मजीद साहब इस ऑफ़र के बदले में थोड़ा वक़्त माँगना चाहते थे। किताबों से वो पहले ही बहुत परेशान थे कि क़ारी मुस्तक़ीम की दुकान में उन्हें कब तक रखा जा सकेगा। वो मुरव्वत में कुछ कहता नहीं, लेकिन अगर किसी दिन उसे अपना स्पेस बढ़ाना हुआ तो क्या उनके पास किताबों को रखने के लिए कोई दूसरा बन्द-ओ-बस्त था? घर में वैसे ही जगह कम थी, मगर होती भी तो किताबों के लिए ढंग की तीन-चार अलमारियों का बन्द-ओ-बस्त तो कम से कम करना ही पड़ेगा और आजकल एक अलमारी दो-ढाई हज़ार से कम तो क्या ही मिलती होगी। टीन के रैक भी लिये जाएँ तब भी सात सौ रुपये फ़ी रैक रक़म ख़र्च होगी। इस हिसाब से कम-अज़-कम इक्कीस से अट्ठाईस सौ रुपये सिर्फ़ उनकी ख़रीद पर आएगा। फिर मज़दूरों से उनकी पहुँचवाई, उसके बाद किताबों को ढोकर यहाँ लाना और मान लो कि ये सारी मुसीबतें झेलकर इस छोटे से घर को किताबों से सजा भी दिया जाए तो ख़ुद इस छत का क्या भरोसा जो तीन महीने के किराए की रक़म से बिलकुल सिरों से आ लगी थी और अगर एक-दो महीने पैसे और न गए तो उसके धँसने का भी डर था। वो इन्हीं सब बातों पर ग़ौर कर रहे थे। अन्दर के कमरे में जाकर उन्होंने बीवी से मशवरा किया। बीवी ने पूछा,

"क्या वो कुछ एडवान्स भी देंगे।"

"अभी तो कोई बात नहीं हुई," उन्होंने बीवी की कनपटी पर उभरती हुई नस को देखते हुए कहा।

"बात करके देखिए, इस बार मलिक साहब को मनाना मुश्किल होगा, अगर वो कुछ दे दे तो कम-अज़-कम एक माह का किराया तो उन तक पहुँचा दिया जाए।"

बीवी की बात दुरुस्त थी। मगर पैसों के लिए कहना मजीद साहब की जान के लिए एक अलग ही मुसीबत थी। फिर भी उन्होंने सूखते हुए गले पर घूँसे मारने के से अन्दाज़ में जल्दी-जल्दी मिर्ज़ा अमानत को मुख़ातिब करते हुए अपनी परेशानी बयान कर दी। वसीम ने ज़ेर-ए-लब मुस्कुराते हुए कहा,

"आप इस सबकी चिन्ता ना कीजिए मजीद साहब। एक बार लाइब्रेरी खुल जाए, मैं हफ़्ता-भर में कोशिश करूँगा कि आपको कुछ एडवान्स दिया जा सके।"

लाइब्रेरी का जब इतना ज़िक्र हुआ तो वहाँ मौजूद शागिर्द कैसे इस बात से बेख़बर रह सकते थे। उनकी आँखें चमकने लगीं और वो अपनी गुफ़्तुगू को भूलकर मीरा रोड की सबसे शानदार लाइब्रेरी की कल्पना करके गद्गद हो गए। हालाँकि उनमें से एक शख़्स भी किताब का शौक़ीन नहीं था, और न कभी बाक़ायदगी से किसी लाइब्रेरी का कभी मेम्बर ही रहा होगा। लाइब्रेरी की कल्पना भी शायद उनके लिए मजीद साहब की शागिर्दी के ज़रिए से एक नए और शानदार 'चाय घर' का तसव्वुर ही होगा। चुनाँचे उनकी बाँछें खिली जाती थीं। अगली दोपहर तक पूरा नया नगर इस बात से वाक़िफ़ हो चुका था कि मुहल्ले में मजीद साहब की किताबों की मदद से एक नई लाइब्रेरी खुलने वाली है। अगली शाम बहुत से लोग आए और उनमें से अक्सर ख़ास लाइब्रेरी की मुबारकबाद

देने आए थे। मजीद साहब शरमाए-शरमाए सबकी मुबारकबादें क़ुबूल कर रहे थे। उनके दिल में एक छिपी हुई परेशानी और आँखों में कुछ रक़म मिलने की उम्मीद को उनकी बीवी के अलावा कोई नहीं देख सकता था। और, उस रोज़ जब महीना गुज़रने में सिर्फ़ दो दिन बाक़ी थे, लाइब्रेरी वजूद में आ चुकी थी।

11

दुनिया की इस घनचक्कर नगरी में देखिए तो कौन-सी ऐसी चीज़ है जिस पर हँसा नहीं जा सकता। साइकिल से गिरता हुआ आदमी हो, कोई थुलथुल बदन हो, झूले में बैठकर डरती हुई दोशीज़ा हो या फिर गुप्त रोगों को ठीक करने का कोई इश्तिहार। मगर जो चीज़ ख़ुद अपने आप में एक मज़ाक़ बनकर रह जाए वो इज़्ज़त के अलावा और कुछ नहीं है। नया नगर का एक-एक बाशिंदा इसी इज़्ज़त का भूखा है। इस नया नगर को उठाइए और दुनिया पर रख दीजिए, सभी एक तरह से 'इज़्ज़त' के पीछे दौड़ रहे हैं। कुछ इज़्ज़त पाने के लिए, कुछ इज़्ज़त बचाने के लिए। लेकिन इज़्ज़त का सही मतलब क्या है, वो कब मिलती है, किस हद तक इनसान को मनोवैज्ञानिक तौर पर सन्तुष्ट करती

है और कहाँ तक उसे घायल करती है, ये सारी चीज़ें इतनी अजीब हैं कि इन्हें समझना मुश्किल है। नया नगर जिस शायरी के बल पर रौनक़ आबाद बना हुआ था वो सब इसी इज़्ज़त की नपी-तुली कल्पना के बल पर था। लोग नहीं देखते कि जो इज़्ज़तदार है, वो अन्दर से कितना टूटा हुआ है और जो बेइज़्ज़त है वो बाहर से कितना बुलन्द। लोगों के पास इतना वक़्त भी नहीं, वो तो बस इन सब चीज़ों का अन्दाज़ा तालियों, तारीफ़ों से ही लगाते हैं कि कौन इज़्ज़त के तराज़ू में कैसे तौला जा रहा है। नज़र मुरादाबादी की नज़र में इज़्ज़त कोई भारी शय नहीं थी, वो उसे ढो रहा था तो इसलिए ताकि उसकी जेब कुछ भारी हो सके, उसे एक मुशायरा मिल सके, एक ख़ुशामदपसन्द उस्ताद की सरपरस्ती मिल सके और इन दोनों की बदौलत कुछ रुपये-पैसे भी हाथ आ जाएँ।

नज़ीर रूहानी चाय की मोटी-मोटी चुस्कियाँ लेते हुए आज का अख़बार बेक़रारी से देख रहा था, उसके सर पर टोपी थी, बदन पर एक बनियान और निचले धड़ पर एक नीली रंग की तहमद। उसकी बेयक़ीनी और बेक़रारी उसकी आँखों से साफ़ ज़ाहिर थी। थोड़ी देर तक नज़र उसे देखता रहा, फिर जब रहा न गया तो पूछ बैठा,

"क्या हुआ सरकार?"

"अरे इस नामाक़ूल औरत ने फिर अपना बयान बदल दिया है।"

"किसने?"

"यही ज़हीरा शेख़...अब अख़बार में इसका इंटरव्यू छपा है, कह रही है कि अदालत में बयान इसलिए बदल दिया क्योंकि जान को ख़तरा था। अजीब दोग़ली औरत है, अबे जान तो तेरी जा ही चुकी थी उसी दिन जब तेरे घर वाले आग की नज़्र कर दिये गए, अब किसके लिए ज़िन्दा है? झूठी, मक्कार...खा लिए होंगे पैसे क़ातिलों से..."

वो इसी तरह ग़ुस्से में बोलता रहा। गुजरात में पिछले साल जो दंगे हुए, उनको लेकर मुसलमानों में एक अजीब क़िस्म का ग़ुस्सा था। अदालत से उन्हें बहुत हद तक उम्मीद थी, बेस्ट बेकरी केस का मुआमला इसीलिए बहुत संजीदगी से लिया जाता था कि उसकी प्राइम विटनेस ज़हीरा शेख़, उसका भाई और वालिदा तीनों के ज़रिए इंसाफ़ मिलने की उम्मीद थी। मगर अदालत में ज़हीरा ने अपना बयान बदल दिया था। बाद में उससे जब पूछा गया कि उसने ऐसा क्यों किया तो उसने बताया कि उसे धमकियाँ मिल रही थीं। अख़बार में उसके इंटरव्यू के साथ ही एक लेख भी छपा था, जिसका शीर्षक था 'आख़िर क्यों बदला ज़हीरा शेख़ ने अपना बयान'। लेखक ने साबित किया था कि वो मज़लूम है, डरी हुई है, इसलिए उसका बयान बदलना कोई ताज्जुब की बात मालूम नहीं होती।

मगर लोग उस ज़ाविए से चीज़ों को नहीं देखते थे। जिन लोगों को वडोदरा की हनुमान टेकरी पर उस रात आग लगाकर मारा गया, वो सब अचानक उनकी इन्द्रियों पर सवार हो गए थे। जिनके क़त्ल हुए, जिन बच्चों को चीरा-फाड़ा गया, जिन औरतों के साथ बलात्कार हुए, वो सब के सब हिन्दुस्तानी मुसलमानों के दिमाग़ों पर एक अजीब क़िस्म के मज़लूम भूतों की तरह हावी हो गए थे, उनकी चीख़ें अख़बारों की सतरों से लेकर लोगों की गालियों तक में सुनी जा सकती थीं। नज़ीर रूहानी उस लेखक से भी ख़फ़ा हो गया था, जिसने ज़हीरा का पक्ष लिया था। वो उसे भी दलाल, क़ातिलों का एजेंट और न जाने क्या-क्या कह रहा था। उसका ग़ुस्सा इस हद तक बढ़ चुका था कि वो बात कम कर रहा था झाग ज़्यादा उड़ा रहा था। चुनाँचे नज़र ने उसके ग़ुस्से को कम करने के लिए कहा,

"कहाँ आप इन सब ख़बरों में उलझे हैं, लाइए वो ग़ज़लों

का रफ़ वाला मुसव्विदा कहाँ है? आज बैठकर सारी ग़ज़लें नक़्ल किये देता हूँ और फिर शाम को हाजी नफ़ीस के यहाँ शेरी नशिस्त भी तो है। नई ग़ज़ल पढ़ेंगे या पुरानी...पुरानी ग़ज़लें अब आपकी सब सुनी जा चुकीं, कुछ लिखिए।"

सब सुनी जा चुकीं, ऐसा जुमला था, जिसके बचाव में फ़ौरन नज़ीर रूहानी कूद पड़ा। उसने कहा,

"ऐसा तो हरगिज़ नहीं है। ये जो रफ़ वाला मुसव्विदा[1] है, उसकी एक ग़ज़ल भी कहीं मैंने पढ़ी नहीं। वो सब तो मैं अपने पुर्ज़ों पर जो कुछ लिखता हूँ, वही सब पढ़ता रहता हूँ।"

नज़र ने बड़े चापलूस-भरे अन्दाज़ में कहा,

"उस्ताद कितनी ग़ज़लें लिख चुके हैं अब तक?"

"भई ख़ुदा ग़रूर से बचाए...बस ये समझो नज़र मियाँ कि तीस साल से बन्दा ग़ज़लगोई कर रहा है। तल्मीही इशारों को दर्ज करने का काम पिछले छह बरसों से जारी है, और कोई दिन ऐसा नहीं गुज़रता, जब मैंने कोई नई ग़ज़ल न लिखी हो..."

"ओफ़्फ़ो इसे कहते हैं फ़नकारी...कमाल हैं आप उस्ताद!"

नज़र ने देखा, नज़ीर रूहानी अख़बार तह करके एक तरफ़ रख चुका था। ख़ुशामद अपना असर दिखा रही थी। उसने नज़ीर रूहानी की दो-तीन ग़ज़लें याद कर ली थीं, चुनाँचे वो एक ग़ज़ल तरन्नुम में गुनगुनाने लगा। नज़ीर रूहानी को इस बात पर ऐसी हैरत-भरी ख़ुशी हुई कि उसने दो-बार जाँघ थपथपाई और अपनी ही ग़ज़ल को किसी मशहूर शायर का कलाम मानकर बड़े ध्यान से सुनने लगा।

1. पांडुलिपि।

12

हाजी नफ़ीस रईस आदमी था। मीरा रोड में दो और भाइन्दर में उसका एक-सी साइड फ़्लैट था। कम-अज़-कम ग्यारह बार हज और अनगिनत बार उमरा कर चुका था। शायरी पर किसी से इस्लाह नहीं लेता था क्योंकि वो ख़याल की ओरिजनेलिटी का क़ाइल था। चुनाँचे उसकी अक्सर ग़ज़लें बे-बहर होती थीं। मगर वो उन्हें ऐसे लहक-लहक कर तरन्नुम और तहत में पढ़ता कि महफ़िल झूम-झूम जाती। महफ़िल के झूमने में कुछ उसकी अमीरी और कुछ उसके मसख़रेपन का भी दख़ल था। मजीद साहब की दिल से इज़्ज़त करता था इसलिए हर नशिस्त की सदारत उन्हीं के ज़िम्मे होती थी। वो बस इतना ख़याल करते थे कि उसकी बे-बहर शायरी को मुहब्बत से मुस्कराकर क़ुबूल करते थे, उसे रोकते-टोकते

नहीं थे, दूसरों की तरह उसका मज़ाक़ नहीं उड़ाते थे और सबसे बढ़कर अपनी तरफ़ से इस्लाह की कोशिश भी नहीं करते थे। हाजी नफ़ीस को अपनी बे-बहर शायरी पर जो गुमान था उसकी एक वजह थी और वो थी भी बड़ी दिलचस्प।

कुछ अरसा पहले उसका शायरी का संग्रह भारी क़ीमत पर मीरा रोड के ही एक पब्लिशर के ज़रिए छपा था। लेकिन संग्रह छपने के बावजूद लोग उसकी किताब क़ुबूल करते हुए कतराते थे। कभी कोई बहाना बनाते, कभी कोई। चुनाँचे बेचारे की छपी हुई एक हज़ार कापियाँ उसके आलीशान फ़्लैट के एक कोने में पड़ी रहती थीं। मगर एक रोज़ जब क़ारी मुस्तक़ीम की दुकान पर बहुत-से शायरों की बैठक जमी हुई थी, वो एक सफ़ेद रंग का बड़ा-सा लिफ़ाफ़ा लहराते हुए बैठक में जा घुसा और सब के सामने वो सफ़ेद लिफ़ाफ़ा लहराते हुए कहने लगा,

"आप लोग मेरी शायरी को घास नहीं डालते...मैं जानता हूँ क्यों, क्योंकि आपके बक़ौल ये बहर में नहीं है...तो हज़रात बहर का ज़माना जा रहा है, ये तो ख़याल की चमक का ज़माना है, मैं न कहता था कि इसकी सही क़द्र आलमी सतह[1] पर ही हो सकती है...जब कहता था तो यार-दोस्त हँसते थे...मगर ये देखिए, सुबूत... बिल क्लिंटन के दफ़्तर यानी व्हाइट हाउस से मुझे ख़त आया है। और क्या लिखा है, पढ़कर सुना देता हूँ...उर्दू में ही लिखा है, इज़्ज़त मआब हाजी नफ़ीस साहब...और उसने एक साँस में इस तहनियत नामे[2] को पढ़कर ऐसे सुनाया, जैसे वो दुनिया का पहला शायर हो, जिसे चचा साम की सनद हासिल हुई हो।

1. अन्तरराष्ट्रीय स्तर।
2. शुकराने का नोट।

ख़ैर दुनिया का न सही, उर्दू का तो वो वाक़ई पहला शायर था, जिसे व्हाइट हाउस से किताब की प्राप्ति की ही सही, मगर एक हौसला-अफ़्ज़ा चिट्ठी मिली थी। इस तरह ज़ोर-ज़ोर से ख़त सुनाने का नतीजा ये हुआ कि जो लोग पहले उस पर हँसते थे, वो अब इस क़िस्से पर हँसने लगे। मगर चन्द बुज़ुर्गों ने जिनमें मजीद साहब और यूसुफ़ जमाली दोनों शामिल थे, उसकी बड़ी तारीफ़ की, उससे कहा कि वाक़ई उसकी क़द्र उस ज़माने और उस इलाक़े में नहीं, वरना वो बहुत अच्छा शायर है और ज़माने के रवैये से डरना ठीक बात नहीं कि ये चीज़ तो ग़ालिब के हिस्से में भी आई थी। मीर को भी लखनऊ वालों ने तब तक हँसी में उड़ाया, जब तक उनको ठीक से पहचान न लिया, चुनाँचे उसे मायूस होने की नहीं, बस इन्तिज़ार की ज़रूरत है। वो वक़्त आया ही चाहता है, जब नया नगर से उसके नाम का जो शोर बुलन्द होगा, वो वाया अमरीका पूरी दुनिया के अदब में अपनी धाक बिठा देगा। इसी हौसले पर आज उसने ये नशिस्त रखी थी, जिसमें खाने का उम्दा इन्तज़ाम था, मगर नशिस्त की एक ही शर्त थी कि जो मेहमान आज आएँगे उन्हें न सिर्फ़ हाजी नफ़ीस की किताब लेनी होगी बल्कि उसके ही मकान पर अगली नशिस्त में उस पर अपनी राय का इज़हार भी करना होगा, जिससे ये पता चल सके कि उन्हें किताब पढ़कर क्या महसूस हुआ। उसे यक़ीन था कि लोग उसकी शायरी को एक दफ़ा अगर ठीक से पढ़ लें तो ज़रूर उसके क़ाइल हो जाएँगे। चुनाँचे रौनक़ लगी थी।

रौनक़ की दो वजहें थीं, पहली वजह थी उम्दा खानों की वो फ़ेहरिस्त जिनका ज़िक्र दावतनामों से लेकर पोस्टरों तक में किया गया था और दूसरी वजह थी मजीद साहब के बुलाने पर फ़िदा फ़ाज़ली जैसे मशहूर शायर की आमद। प्रोग्राम में जिन शायरों को

पढ़ना था उनकी तादाद बहुत लिये-दिये रहने के बावजूद तीस-बत्तीस तक पहुँच चुकी थी, क्योंकि हर शख़्स अपनी शायरी के जौहर फ़िदा फ़ाज़ली जैसे मशहूर शायर को दिखाना चाहता था, इसलिए ज़रूरी एहतियात के बावजूद भी ये फ़ेहरिस्त बढ़ती ही चली गई, और काग़ज़ पर फ़ाइनल फ़ेहरिस्त के अलावा भी और चार-पाँच लोगों ने पढ़कर ही दम लिया।

नशिस्त में नसीम बरेलवी भी आई थी, वो आई थी तो शहनाज़ भी आई थी और शहनाज़ आई थी इसलिंए इस प्रोग्राम में बड़े भाई से एक ग़ज़ल उधार माँगकर तनवीर साहब भी उस नशिस्तगाह में बैठे हुए थे। तय ये हुआ था कि प्रोग्राम तनवीर से शुरू होगा और फिर नजीब अपना कलाम सुनाएगा। चुनाँचे जब नशिस्त का आग़ाज़ हुआ तो तनवीर की ग़ज़ल उसी तरह सुनी गई, जिस तरह पहली ग़ज़ल सुनी जाती है। उसी के बीच में कन्धों पर से फलाँगते हुए लोग किसी दोस्त के इशारे पर बराबर बैठने के लिए लपक रहे होते हैं, घर का कोई शख़्स पानी परोस रहा होता है, ज़्यादा ध्यान दिये बग़ैर शायर का दिल रखने के लिए इधर-उधर देखते हुए भी लोग वाह-वाह की सदा बुलन्द कर रहे होते हैं। इतना सब हो रहा था मगर हर शेर पर तनवीर खोखली दाद पाकर भी कँपकँपाती नज़र से शहनाज़ की तरफ़ देख लेता था। इसके बाद नजीब ने (जोकि नशिस्त की निज़ामत[1] भी कर रहा था) अपना कलाम पढ़ना चाहा तो लोगों ने मना कर दिया। उन्होंने आग्रह किया कि नहीं, ऐसा हरगिज़ नहीं हो सकता। ज़ाहिर है कि महफ़िल में उसके कुछ ख़ुशामदी शागिर्द भी मौजूद थे, जो अब मजीद साहब की जगह उससे इस्लाह

---

1. संचालन।

लेते थे। शोर बढ़ा और यही तय हुआ कि नजीब को अपने मक़ाम पर ही ग़ज़ल सुनाना चाहिए। नजीब ने अपनी इज़्ज़त-अफ़ज़ाई पर दिल ही दिल में एक फ़ख्र-सा महसूस किया। उसे लगा जैसे आज तो यक़ीनी तौर पर शहनाज़ को भी मालूम हो गया होगा कि वो कितना इज़्ज़तदार और कितना होनहार और क़ाबिल शायर है। उसने आज पढ़ने के लिए जिस ग़ज़ल का इन्तिख़ाब किया था, उसमें भी इज़हार-ए-मोहब्बत के बहुत-से इशारे मौजूद थे। शायद शहनाज़ ही इस बात से बेख़बर थी कि नशिस्त हो या मुशायरा, उनकी तहज़ीब में पहले दूसरे मुक़ाम पर पढ़ने वाले शायरों को बिलकुल नौसिखिया समझा जाता है। किसी शायर के अदबी-ओ-इल्मी क़द का अन्दाज़ा नशिस्तों में इसी बात से लगाया जाता है कि वो कौन से मक़ाम पर पढ़ रहा है। जैसे कि इस प्रोग्राम में बिलकुल आख़िर में फ़िदा फ़ाज़ली को अपना कलाम सुनाना था। इसलिए जितना बड़ा शायर, उतना आख़िर में उसका नम्बर।

फिर भी नजीब की बाँछें खिली हुई थीं और उसकी उम्मीद को आज की इस हौसला-अफ़ज़ाई ने और बढ़ा दिया था। सभी लोगों ने बारी-बारी कलाम सुनाया, जिनमें नज़र मुरादाबादी, ताइर अमरोहवी, नसीम बरेलवी, अमानत मिर्ज़ा और क़ारी मुस्तक़ीम सभी थे। नज़ीर रूहानी का नम्बर भी आख़िर के शायरों में था, लेकिन हाजी नफ़ीस से पहले क्योंकि हाजी नफ़ीस मेज़बान था और यही वो इकलौती जगह हो सकती थी जहाँ वो यूसुफ़ जमाली और मजीद साहब से पहले कलाम सुनाकर ख़ुद को उनके बराबर का शायर मनवा सकता था। ये दर्जा-बन्दी[1] देखने में पूर्वग्रह से भरी लग सकती है, मगर इसी में अपना नम्बर उस्ताद के क़रीब से क़रीबतर लाने

1. वर्गीकरण।

की जुस्तजू हर शायर को रहती थी, बल्कि यूँ कहना चाहिए कि हर नए शायर को हुआ करती थी। ताइर अमरोहवी का नम्बर आया तो उसने बाक़ायदगी से खड़े होकर पहले सब को आदाब किया, फिर दोनों हाथ बदन पर यूँ बाँधे जैसे नमाज़ के दौरान बाँधे जाते हैं। फिर फ़िदा फ़ाज़ली की नज़र करते हुए एक नज़्म पढ़नी शुरू की, मगर अभी दो मिसरे ही पढ़े थे कि हाजी नफ़ीस का छोटा भाई न जाने कहाँ से उचककर नशिस्त में धम्म से कूद पड़ा और ज़ोर-ज़ोर से हाजी नफ़ीस की तरफ़ देखकर कहने लगा—

"कुफ्रियात[1], कुफ्रियात...ये कैसी कुफ्रियात बक रहे हैं, ये शायर...इसीलिए अल्लाह ने इन सबको जहन्नुम का ईंधन बना दिया है, क्या हो गया है भाई जान आपको...दिखता नहीं...अपनी आख़िरत तो ख़राब कर रहे हैं, अपने बच्चों की भी, भाभी की भी, सबको ले डूबना चाहते हैं क्या...ऐसे-ऐसे दाढ़ी वाले लोग बैठे हैं यहाँ... समझ नहीं मगर उनको इस्लाम की...अरे भाइयो जाओ कहीं और जाकर अपनी आक़बत[2] ख़राब करो...इसे शैतान का गढ़ मत बनाओ...।"

उसकी कुच्ची दाढ़ी बराबर लरज़ रही थी। शायरों को जैसे साँप सूँघ गया था। सबसे दिलचस्प बात ये थी कि हाजी नफ़ीस सर नीचा किये, चुपचाप अपने छोटे भाई से गालियाँ सुन रहा था। देवबन्दी स्कूल का ये नया-नया आलिम इस क़दर तल्ख़ लहजे से शायरों को डाँट रहा था जैसे वो शेर ही नहीं सुना रहे हैं बल्कि साथ-साथ शराब भी पी रहे हों। ताइर अमरोहवी सबसे पहले खिसका, फिर सारे शायर मजीद साहब की पैरवी करते हुए घर से बाहर जाने

1. नास्तिकता की बातें करना।
2. परलोक।

लगे। कोई बच्ची हाथ में चाय की बड़ी सी ट्रे पकड़े शायद इस तरफ़ ला रही थी, मगर अपने चचा की गरजदार आवाज़ सुनकर गैलरी में खड़ी रह गई थी।

रात का क़रीब ग्यारह-साढ़े ग्यारह बजा था। नया नगर की सड़कों पर कुत्ते उछल-कूद मचा रहे थे। लम्बी सड़क पर इक्का-दुक्का गाड़ियाँ थीं। माहौल में ख़ुनकी थी मगर शायरों की रफ़्तार धीमी से भी कुछ कम थी।

"बड़े बेआबरू होकर तेरे कूचे से हम निकले," फ़िदा साहब ने ग़ालिब का मिसरा पढ़ा और जवाब में मजीद साहब ने ध्यान में डूबी हुई गर्दन हिला दी। अब उन दोनों के होंठों पर एक हल्की-सी मुस्कुराहट थी। चौक पर एक ही रेस्तराँ खुला था, जिस पर सब लोग जा बैठे। जिन्हें अन्दर जगह न मिली वो बाहर बेंचें फैलाकर विराजमान हो गए। सामने खड़ी लक़-ओ-दक़ मस्जिद के दरवाज़े खुले हुए थे, और उसके पेट से मलगजी रोशनी फूट रही थी। चन्द इबादत-गुज़ार बूढ़े मस्जिद से हर थोड़ी देर में निकलते दिखाई दे जाते थे। कुछ समय बाद सबके हाथ में शीशे के गिलास थे, जिनके शफ़्फ़ाफ़ बदन में चाय की गर्मियाँ डोल रही थीं और हल्का सफ़ेद धुआँ उड़कर बाहर के मंज़र में घुलता जा रहा था।

ताइर अमरोहवी, फ़िदा साहब के पीछे लगा था। उसे बेइज़्ज़त होने से ज़्यादा अपनी नज़्म के अधूरे रहने का अफ़सोस था। वो चाहता था कि नज़्म किसी सूरत पूरी हो जाएगी, मगर वो सिरा नहीं मिल रहा था जिसे पकड़कर अपनी तुकबन्दी का आग़ाज़ किया जा सके। मजीद साहब अब हाजी नफ़ीस के भाई के बारे में बात कर रहे थे, वो ख़ुद भी अच्छे मूड में थे। मीर साहब का शेर याद आता है—

शैतनत[1] से नहीं है ख़ाली शेख़
उसकी पैदाइश एहतिलाम से है...

फ़िदा साहब ने जवाब में जुमला कसा..."आ हाहा...यार क्या शेर है, नासिर और फ़िराक़ के इंतिख़ाब को मात दे दी तुमने... बिलकुल वक़्त पर..." मजीद साहब इस तारीफ़ पर हाजी नफ़ीस को भूलकर शेर की परत खोलने में लग गए।

"अब ये पैदाइश का लफ़्ज़ जो है यहाँ पर...ये वो जन्म लेने के मा'नी में नहीं है...ये देखो कि पैदाइश का एक मतलब है प्रकट होना, यानी शेख़ को हर रोज़ एहतिलाम होता है, इसलिए ये उसकी शैतनत की सबसे बड़ी मिसाल है...ऐसा ईहाम-गो[2] है मीर...लफ़्ज़ बारीक बाँधा है, यानी मतलब भी गहरा, मगर कोई इस तक ना भी पहुँचे तो अपने तौर पर मतलब निकालने में आज़ाद..."

फ़िदा ने लुक़मा दिया "शैतनत का कमाल है...एक तो ऐसा अछूता लफ़्ज़, दूसरे ये कि रिआयतें[3] देखो...शेख़ इसी तरह शैतनत से भरा हुआ है, जिस तरह मनी[4] से उज़्व-ए-तनासुल[5]...लेकिन जिस तरह एहतिलाम की सूरत मनी बाहर आ ही जाती है, शेख़ की शैतनत भी छुपाए से नहीं छुप सकती...भरी ही इतनी है उसमें...

---

1. शेख़ शैतानियों से भरा हुआ है क्योंकि वो एहतिलाम से पैदा हुआ है यानी स्वप्न में वीर्यपात होने की वजह से। माना जाता है कि एहतिलाम नींद में बहकाने की वजह से होता है।
2. ईहामगोई, एक अर्थालंकार जिसमें ऐसा शब्द लाते हैं जिसके दो अर्थ होते हैं और सामने वाला अर्थ छोड़कर पीछे वाला अर्थ लिया जाता है।
3. वो शब्दालंकार जिसमें किसी शेर में एक शब्द के अनुकूल और भी शब्द लाए जाएँ, जैसे रात के साथ चाँद-सितारे, अँधेरा आदि।
4. वीर्य।
5. लिंग।

वाह-वा।" फिर ज़रा रुकने के बाद फ़रमाया, "और ये भी है कि ये साला एहतिलाम की पैदाइश है...यानी ज़बरदस्ती की..." उन्होंने एक भरपूर क़हक़हा लगाया। जवाब में महफ़िल में सभी लोगों में हँसी की लहर दौड़ गई।

"भई...मीर की रियाअत-ए-लफ़्ज़ी को मानना पड़ता है...गाली भी देगा तो रियाअत का ख़याल रखेगा...वो शेर है एक हज्व[1] में उसका जिसमें गाली दी है माँ की उसने।

"क्या? ख़ुदा-ए-सुख़न और माँ की गाली...तौबा-तौबा?" नज़ीर रूहानी ने फ़ौरन कानों को हाथ लगाया।

"उम्म हम्म..." फ़िदा तब तक पान खा चुके थे, मगर भरे हुए मुँह के साथ ही उन्होंने शेर पढ़ा—

मेरी हैबत से निकल जाता था मूत
शायरी की उनने अपनी माँ की चूत...

"हाँ...हाँ...यही, यही शेर...अब देखो," मजीद साहब ने नज़ीर रूहानी की तौबा इस्तिग़फ़ार पर कोई ध्यान न देते हुए कहा, "माँ की गाली दी है तो ध्यान रखा है कि उसे इतना छोटा लौंडा कहा जाए जिसकी किसी हैबत से मूत निकल जाता है...यही तो ज़बान की समझ है...बारीकी है।"

बातें दिलचस्प चल रही थीं। नजीब ने मुड़कर देखा, तनवीर कहीं नहीं था और साथ ही नसीम और शहनाज़ भी दिखाई नहीं पड़ रही थीं। वो उठकर बाहर की तरफ़ आया। बेंचों पर भी जो लोग बैठे थे, उनमें वो तीनों मौजूद नहीं थे। 'शायद उन्हें घर छोड़ने गया

---

1. शायरी की एक विधा जिसमें बुराई की जाती हो।

होगा, रात भी इतनी हो गई है...' वो वापिस आकर अपनी जगह पर बैठ गया। कितना कुछ सीखने, सुनने को मिल रहा था। मज़ा आ रहा था। वो पढ़ता था, मगर कितनी बातों से अनजान था।

"लेकिन एक बात मैं समझना चाहता हूँ," नज़ीर रूहानी बीच में ही बोल पड़ा था।

"जी, जी...फ़रमाइए," मजीद साहब ने कहा।

"अदब का ताल्लुक़ आदाब से है न! ये कैसी बात हुई कि गालियाँ देकर, गंदी और फ़ुहश बातें किये बिना हम अदीब ही नहीं हो सकते। ये तो एक ग़ैर-ज़रूरी सी शर्त है मेरे ख़याल में। ...उसे हवा देना क्या ठीक होगा?" बोलते वक़्त उसके कानों की लवें सुर्ख़ हो गई थीं।

थोड़ी देर ख़ामोशी रही फिर फ़िदा फ़ाज़ली ने कहना शुरू किया, "इन साहब की बात पर मुझे एक वाक़िया याद आया... दाग़ और अमीर मीनाई दोनों ही हम-अस्र[1] थे, शायरी करते थे। अब अमीर मीनाई थे मुतशर्रा[2] आदमी। एक महफ़िल में उन्होंने दाग़ के पास जाकर सरगोशी की—क़िब्ला! शेर आप भी कहते हैं, मैं भी, फिर क्या वजह है कि जितनी दाद आप लूटते हैं, मुझे नहीं मिलती। जवाब में दाग़ मुस्कुराए और फ़रमाया—मीनाई साहब, क्या कभी आपने शाम के वक़्त प्याले को लबों से लगाया है? अमीर मीनाई ने कहा, कभी नहीं। दाग़ ने फिर पूछा, कभी दरोग़गोई[3] से काम लेते हैं? अमीर मीनाई ने कहा, हक़परस्त[4] हूँ हुज़ूर। दाग़ ने फिर पूछा, रात के

---

1. समकालीन।
2. इस्लामी क़ानून शरियत को मानने वाले।
3. झूठ बोलना।
4. सच्चा।

किसी पहर किसी हसीना की अँगड़ाई टूटती देखी है? अबकी बार अमीर मीनाई ने शर्म से नज़रें झुकाते हुए कहा—अस्तग़फ़िरुल्लाह! जवाब में दाग़ मुस्कुराए और कहा, अब भी आपको समझ में नहीं आया कि मुझे क्यों ज़्यादा दाद मिलती है?"

नज़ीर रूहानी कुछ कहना चाहता था, मगर मजीद साहब उठ खड़े हुए। उनका उठना था कि महफ़िल को बर्ख़ास्त होते देर नहीं लगी।

13

लाइब्रेरी का क़याम अमल में आ चुका था। अब मजीद साहब के घर के बजाय दिन की बैठकें वहीं होने लगीं। वसीम को शुरू में इस माहौल से कोई परेशानी नहीं हुई बल्कि उसे ख़ुशी ही होती थी। कारोबार का तो उसूल है कि जितने लोग आएँगे, उतना ही प्रोमोशन होगा। चुनाँचे वो ख़ुशी-ख़ुशी शुरुआत में सभी नए आने वाले मेहमानों की आवभगत करने लगा। चाय, बिस्कुट, समोसे, भजिए से उनकी ख़ातिरदारी भी होती रहती।

हर आनेवाला लाइब्रेरी में सजी हुई किताबों को बड़े ग़ौर से देखता। कुछ लोग तो उठकर किताबें निकालते, झाड़-पोंछकर हर किताब को उलटते-पलटते, कुछ ज़्यादा ही शौक़ीन लोग वहीं किसी किताब या रिसाले में किसी ग़ज़ल या शायरी से जुड़े हुए मज़मून को पढ़ना

भी शुरू कर देते। मगर उनमें से ज़्यादातर ऐसे थे, जिनको किताबों या रिसालों से उतनी ही निस्बत थी कि वो उनके दरमियान बैठकर ख़ुद को पढ़ा-लिखा महसूस करते थे। नफ़ासत से बातें हो रही हैं। एक दरी बिछी है, दो दीवारों के साथ सोफ़ा और कुर्सियाँ सजे हुए हैं। शटर खुलते ही सामने की दीवार पर चार ख़ूबसूरत अलमारियाँ क़रीने से सजाई गई हैं और उनमें इल्म-ओ-अदब की अहम और ग़ैर-अहम किताबें साइज़ के हिसाब से क्रमानुसार लगाई गई हैं। एक अलमारी पर फ़ारसी के शायर साइब[1] का दीवान दो जिल्दों में रखा हुआ है, जिसके पहले पृष्ठ पर मजरूह साहब के दस्तख़त हैं और साथ ही मजीद साहब के लिए लिखा है, 'हक़-ब-हक़दार-रसीद'[2]...किताबें हैं, लोग हैं, चहल-पहल है, बहस-मुबाहिसा है...देखने में ये समाँ ऐसा मालूम होता है, जैसे हमेशा से सब कुछ यूँ ही था। मगर वसीम ही जानता था कि उसने दो माह पहले ही ये दुकान बड़ी ख़ामोशी से किराए पर ले ली थी। उसूल के मुताबिक़ उसका ग्यारह महीने का पेशगी किराया डिपोज़िट समेत अदा कर दिया था। जब मजीद साहब से किताबों को यहाँ लाकर लाइब्रेरी खोलने की इजाज़त मिल गई थी तो उसने किस तरह पास के एक बाज़ार जाकर वो चार पुरानी मरम्मतज़दा अलमारियाँ उठवा ली थीं। उन्हें मज़दूरों के ज़रिए यहाँ लाने और दुकान में पेंट-वेंट, सफ़ाई-सुथराई का ख़र्च मिलाकर अभी तक काफ़ी रक़म उड़ चुकी थी। किताबें उठवाना, उनको सलीक़े से अलमारियों में सजाना, ये पड़ाव तो अभी बाक़ी था। उसकी समझ में नहीं आ रहा था कि क्या करे। वो और रक़म ख़र्च करना नहीं चाहता था। इसी उधेड़बुन में वो एक दिन क़ारी मुस्तक़ीम की बीवी

1. फ़ारसी के प्रसिद्ध शायर।
2. हक़दार को उसका हक़ मिल गया।

के पास बैठा अपने कुछ दस्तावेज़ तैयार करवा रहा था कि उन्होंने नई दुकान का ज़िक्र छेड़ दिया। वसीम ने उन्हें पूरी स्थिति बताई तो उन्होंने ख़ासा गम्भीर चेहरा बनाते हुए सवाल दाग़ा,

"ये किताबें अगर मजीद साहब की निगरानी में उनके ही बेटों के ज़रिए दुकान में शिफ़्ट करवाकर सेट करवा दी जाएँ तो क्या मुनासिब होगा?"

वसीम इस राय पर इतना ख़ुश हुआ कि उसने हाथ में घूमती हुई चाबी के दायरे को हवा में ही रोक दिया और छल्ला खट से उसकी उँगली के आख़िरी सिरे पर कटी हुई भेड़ की गर्दन की तरह झूल गया। अब उसे रास्ता साफ़ दिखाई दे रहा था। उसने मजीद साहब के आगे कुछ इस तरह बड़े चापलूसाना अन्दाज़ में ये दरख़्वास्त रखी और उनके बेटों को भी बाप के इल्मी बोझ को उठाने की नैतिक ज़िम्मेदारी का ऐसा एहसास दिलाया कि तीनों भाई इस छोटी-सी मज़दूरी पर राज़ी हो गए। मगर दो दिन बाद जब इस मज़दूरी के फ़र्ज़ को अमल में लाना था, नजीब के अलावा कोई और भाई हाथ न आया, चुनाँचे उसी को बाइक पर बिठाकर वसीम क़ारी मुस्तक़ीम की दुकान पर ले गया।

बड़े-बड़े नीले कार्टनों को सुतलियों की मदद से बाँधा गया था। क़ारी मुस्तक़ीम के यहाँ पड़े-पड़े उन पर धूल भी जम गई थी, चुनाँचे पहले एक झाड़न की मदद से ऊपरी कार्टन की सफ़ाई की गई। कार्टन को देखने से ही पता चलता था कि उसका वज़न कम-अज़-कम बीस से तीस किलोग्राम होगा, बल्कि दो-एक कार्टन तो पचास से साठ किलो के भी थे। क़ारी मुस्तक़ीम की दुकान से नई-नवेली लाइब्रेरी का रास्ता क़रीब यही कोई बारह-पन्द्रह फ़रलांग का था। नजीब ने पहले कार्टन को देखकर एक लम्बी साँस छोड़ी

और वसीम की मदद से किताबी गट्ठर को उठाकर उसकी पीठ पर रख दिया गया। मरियल नजीब की टाँगें बोझ की धमक से पहले तो डगमगाईं फिर किसी ज़िद्दी विद्रोही की तरह ज़मीन में धँस-सी गईं। उस वक़्त वो एक हल्का पीला टी-शर्ट और गुलाबी रंग का नेकर पहने हुए था, जिसमें से उसकी काली टाँगें लकड़ी की वार्निशज़दा फल्लियों की तरह चमक रही थीं। दूसरा क़दम बढ़ाते ही वो कुछ डगमगाया तो पीछे से वसीम ने सहारे की हथेली बढ़ाकर कार्टन पर टेक दी।

दुकान की दहलीज़ पार करके पिछली तरफ़ से, रेल पटरियों के बराबर नजीब धीमे-धीमे क़दम बढ़ाता हुआ किसी झुकी कमर वाले बूढ़े की तरह चल रहा था। बोझ ने उसकी पीठ पर इस क़दर क़ब्ज़ा जमाया हुआ था कि वो रुकू[1] की हालत में आ चुका था। पन्द्रह-बीस क़दम चलने के बाद माथे पर पसीने की चमक नुमायाँ हो गई थी और आँखें गड्ढों से उबली पड़ रही थीं। बराबर से धड़-धड़ करती हुई एक ट्रेन बहुत धीमी रफ़्तार में गुज़र रही थी। नजीब ट्रेन को नहीं देख रहा था मगर बम्बई की उस लोकल की नारंगी, पीली धारियाँ उसकी आँखों के याददाश्त के जज़ीरे पर उभर आई थीं। उसे लग रहा था कि ट्रेन-ड्राइवर ने रफ़्तार जान-बूझकर धीमी कर दी है ताकि वो एक पतले-दुबले लड़के को, पीठ पर भारी बोझ उठाए धीमे-धीमे चलते हुए देखकर लुत्फ़ ले सके और जान सके कि ये लड़का अपनी मंज़िल पर पहुँच भी पाएगा या इससे पहले ही उसकी आँखों के आगे एक अँधेरा चमककर उसे बोझ की उस भारी नीली डायन के नीचे कुचल देगा। नजीब को लगा कि ये तमाशा सिर्फ़ ट्रेन-ड्राइवर नहीं बल्कि लोकल के खुले

1. नमाज़ में इबादत के लिए घुटनों के बल झुकना।

हुए दरवाज़ों पर लटके नौजवान, साड़ियों में सजी-बनी मराठी औरतें और खिड़की से चिपके बैठे बूढ़े-बच्चे सभी शौक़ से देख रहे हैं। ट्रेन सुस्त रफ़्तारी और साँप जैसे लम्बे बदन के बावजूद रेंगती हुई उससे आगे निकल गई और वो अपनी कमर पर किताबों, कार्टन की दफ़्ती और नीली पन्नी के साथ-साथ वसीम की सहारे के लिए टिकाई हुई हथेली तक का बोझ अलग-अलग और बिलकुल साफ़ पहचान रहा था। फ़ासला पूरा होने वाला था। सात-आठ क़दम की दूरी रह गई थी कि वो एक दफ़ा फिर लड़खड़ाकर सँभला और दुकान के पास पहुँचकर चबूतरे पर कार्टन उतारने की कोशिश कर ही रहा था कि वसीम की आवाज़ कानों में गूँजी,

"ओटे पर चढ़ाओ, चढ़ाओ ओटे पर...शाबाश!"

और, उसने एक गहरी साँस खींचकर ज़मीन में धँसे हुए अपने क़दम को ब-मुश्किल हवा में इतना बुलन्द किया कि वो चबूतरे पर जमाया जा सके। दूसरा क़दम बढ़ाते वक़्त उसे पूरा यक़ीन था कि वो इस बोझ को लेकर धड़ाम से नीचे गिर पड़ेगा, मगर तब तक वसीम ने अपना दूसरा हाथ भी कार्टन की पुश्त से टिकाया और हल्का-सा धक्का लगाया। नजीब को लगा जैसे कोई उसके हल्के-फुल्के वजूद को धकेलकर एक हवाई ट्रेन में सवार कर रहा हो। दुकान में दाख़िल होते ही उसने धड़ से अपनी पीठ पर लदे हुए बोझ को ज़मीन पर यूँ फेंका जैसे इस अज़ाब से अगर छुटकारा नहीं पाया तो प्राण सिधार ही जाएँगे। कार्टन ज़मीन पर गिरा और धूल का एक गोला उठा, वसीम के खाँसने की आवाज़ आई। नजीब ने दुकान में रखी हुई प्लास्टिक की एक कुर्सी पर बैठते हुए बस इतना देखा कि वसीम मुट्ठी मुँह के आगे जमाए खूँ-खूँ करते हुए सड़क की तरफ़ जा रहा था।

क़रीब तीन-साढ़े तीन घंटों की लम्बी मशक़्क़त और दस-बारह मिनट के चन्द छोटे-छोटे अन्तरालों से गुज़रकर नजीब को इस मेहनत से छुटकारा मिला। जब वो आख़िरी कार्टन रखकर दुकान से बाहर निकला तो उसका गला धूल और पसीने की गंध से कड़वा हुआ जा रहा था। उसे लग रहा था जैसे किसी ने उसे दोनों हाथों से निचोड़कर इस लाइब्रेरी के चबूतरे पर पटक दिया है। उसे यक़ीन नहीं आ रहा था कि वही इतना सारा वज़न ढोकर यहाँ तक लाया था...वो जोकि अपनी समझ में एक नफ़ासतपसन्द, आशिक़-मिज़ाज, अरूज़-दाँ[1] और अपने वक़्त का एक अज़ीम शायर था।

1. छंदशास्त्र का ज्ञाता।

14

'गुल-ए-अदब' का नया शुमारा छपकर आ गया था और अब्दुल क़ादिर उसकी कापियों को पक्के ग्राहकों को रवाना करने के बन्द-ओ-बस्त में लगा हुआ था। एक म्यूज़िक-कम्पनी ने इस तिमाही रिसाले के ख़र्च उठाने की ज़िम्मेदारी ले रखी थी। कम्पनी का मालिक मशरूब इल्मी जानता था कि इसकी सौ कापियाँ महाराष्ट्र अकादमी और सौ क़ौमी कौंसल बरा-ए-फ़रोग़-ए-उर्दू ज़बान को रवाना कर दी जाएँगी। रिसाले के सौ पक्के ग्राहक थे। इन तमाम कापियों का हिसाब करने के बाद ही उसने हर तीन माह पर साढ़े तीन-चार सौ कापियों पर आने वाले ख़र्च को अपनी जेब से देना मंज़ूर किया था और इसके बदले में रिसाले पर बतौर प्रोपराइटर उसका नाम भी मोटे अक्षरों में छपा होता था।

मशरूब इल्मी और अब्दुल क़ादिर दोनों ही अव्यावहारिक

लेकिन अपने जीवन में मज़हब से चाहे जितने दूर दिखाई देने की कोशिश करें मगर अन्दर से गाढ़े मज़हबी लोग थे। मशरूब इल्मी को अदब से दूर का भी वास्ता न था, वो तो ये काम नया नगर के शेरी-ओ-अदबी हलक़े में धाक बिठाने की ग़रज़ से किया करता था। अब्दुल क़ादिर को इस बात का इत्मीनान था कि उसने मेहनत से सौ-सवा सौ पक्के ग्राहक एक उर्दू रिसाले के पैदा कर लिये थे। हिन्दी, मराठी, गुजराती और दूसरी हिन्दुस्तानी ज़बानों के मुक़ाबले में देखने पर ये ग्राहक चाहे कुछ भी मालूम न होते हों मगर उर्दू की छोटी-सी अदबी दुनिया में इसे एक बड़ी कामयाबी ही कहा जा सकता था। उसके पास समय-समय पर अपने बँधे ग्राहकों के ख़त भी आते रहते और उनमें पिछले शुमारे की तारीफ़ के साथ अगले अंक के बेसब्री से किये जानेवाले इन्तिज़ार की भी झलक होती थी। हालाँकि 'गुल-ए-अदब' अभी तक अपने पक्के ग्राहकों, राज्य और राष्ट्र से मिलनेवाली मदद के बावजूद इतनी क़ुव्वत नहीं पैदा कर सका था कि अपने पैरों पर खड़ा हो जाता और उसको मशरूब इल्मी की कोई ज़रूरत नहीं महसूस होती।

दरअसल रिसाले की छपाई के साथ-साथ उसकी निकासी भी एक बड़ा मसअला थी और उस पर आने वाला ख़र्च और ख़ुद पत्रिका के एडिटर अब्दुल क़ादिर की माहाना तनख़्वाह निकालने के बाद मशरूब इल्मी के पास पाँच-दस हज़ार की रक़म ही पहुँच पाती थी। ये हिसाब चाहे कितना ही मायूस करने वाला क्यों न हो मगर जब एडिटर 'गुल-ए-अदब' नए अंक की दो-तीन कापियाँ बग़ल में दबाए नया नगर की गलियों में एक आन से निकलता तो दो-चार नज़रें तो उसकी ख़ुश-ख़िरामी[1] और अदब-नवाज़ी पर क़ुर्बान हो ही

1. इतराकर चलना।

उठतीं। शुरुआती एक-दो शुमारों पर कुछ लोगों को एतिराज़ होता था कि इसमें वही पुरानी और बासी चीज़ें फिर से छापी जा रही हैं जो कई बरस पहले छप चुकी हैं मगर उसका हल अब्दुल क़ादिर ने दूसरी तरह निकाला था।

अब्दुल क़ादिर ने उर्दू के एक बहुत बड़े अदीब जो कि मुहक़्क़िक़[1], नाक़िद[2], लुग़त-नवीस[3], शायर, फ़िक्शन-निगार[4] और अन्तर्राष्ट्रीय से लेकर उर्दू अदब तक के पारखी भी थे, की सरपरस्ती किसी तरह हासिल की। इसके लिए पहले उन्हें लगातार दस-बारह तारीफ़ी ख़ुतूत भेजने पड़े। फिर किसी रिसाले में उनकी हल्की-सी भी तौहीन पर चराग़-पा[5] होकर अपनी जानिब से जवाबी मज़मून लिखकर भेजने का सिलसिला भी उसी ने शुरू किया। उसके जवाबी मज़ामीन में ज़्यादातर मज़मून लिखनेवालों की ज़ाती ज़िन्दगी पर कीचड़ उछाला जाता। उन्हें लचर, बेवक़ूफ़, जाहिल और न जाने कौन-कौन से ख़िताबों से नवाज़ा जाता। अच्छी बात ये थी कि ये मेहनत अकारथ नहीं गई और बहुत जल्द उन नाक़िद-ओ-मुहक़्क़िक़ साहब की तरफ़ से अब्दुल क़ादिर को एक ख़त प्राप्त हुआ, जिसमें उसकी अदबशनासी की हल्की-सी तारीफ़ के साथ उसे कई तरह की नसीहतें भी की गई थीं, उसके यहाँ मौजूद इमला-ओ-ग्रामर की ग़लतियों की निशानदेही की गई थी और अपनी तरफ़ से ये इरादा जताया गया था कि उसके शुमारे को एक ऐसे सरपरस्त की ज़रूरत

---

1. शोधकर्ता।
2. आलोचक।
3. कोशकार।
4. कथाकार।
5. ग़ुस्सा होना।

है जोकि उसकी पहुँच कुछ अप्रकाशित रचनाओं तक भी करवा सके और इसकी ज़िम्मेदारी ब-ख़ुशी वो मुहक़्क़िक़ और नाक़िद उठाने के लिए तैयार हैं—जहाँ उर्दू के बाईस रिसाले उनकी सरपरस्ती में निकल रहे हैं, एक और सही।

अब्दुल क़ादिर को अपनी ख़ुशक़िस्मती पर उस दिन यक़ीन नहीं आ रहा था। उसने भागकर वो ख़त मशरूब इल्मी को दिखाया। मशरूब इल्मी लाख अदब से ना-आश्ना सही मगर ख़ुद एडिटर की ज़बानी उन नाक़िद और मुहक़्क़िक़ साहब की तारीफ़ वो जिस अन्दाज़ में पहले कई बार सुन चुका था उससे उसे अन्दाज़ा तो हो गया था कि ये शख़्स अदब की कोई बड़ी कैनन है और 'गुल-ए-अदब' को उसकी सरपरस्ती हासिल करवा देना अब्दुल क़ादिर का कैनन शॉट।

'गुल-ए-अदब' के एडिटर की ज़ाती ज़िन्दगी ब-ज़ाहिर साफ़-सुथरी दिखाई देती थी मगर वो हालात का मारा हुआ एक ऐसा शख़्स था, जो आम ज़िन्दगी में भी बात-बात पर चिढ़ जाता था। उसने कभी ख़ुद तो अपने ज़िन्दगी के हालात पर बहुत विस्तार से रोशनी नहीं डाली मगर लोग बताते हैं कि बीच शादीशुदा जीवन में जब उसकी दो में से एक बेटी पूरी तरह सियानी हो चुकी थी, बीवी उसे किसी बात पर छोड़कर चली गई थी। इसकी वजह लोगों पर रोशन नहीं थी, तरह-तरह के इल्ज़ामात थे, क़यास थे जो अब्दुल क़ादिर को महज़ इस वजह से झेलने पड़े क्योंकि उसकी बीवी उससे एक ग़ैर-मालूम और पुर-असरार झगड़े की बुनियाद पर अलग हो गई थी। कोई उसे लौंडेबाज़ कहता, कोई कहता कि नामर्द है। मगर असली वजह किसी को भी मालूम नहीं थी। उसकी दो भेड़ियों जैसी आँखों में से बाएँ तरफ़ की आँख पत्थर की थी और उस पर सफ़ेद झिल्ली, क़रीब-क़रीब बन्द पलकों की झुर्री से जिस तरह झाँकती

थी, बड़ी भयानक मालूम होती थी। उसकी एक बेटी अभी छोटी थी और अपनी माँ के साथ ही रहती थी, जबकि दूसरी बेटी नया नगर में ही मौजूद थी, जिसके साथ अब्दुल क़ादिर रहा करता था। बेटी के शौहर और बच्चों के साथ उसके ताल्लुक़ात काफ़ी बेहतर थे और वो एक अच्छा शौहर रहा हो या न रहा हो, मगर एक अच्छा बाप और नाना बनने में ज़रूर कामयाब हुआ था।

रिसाला निकालने से बहुत पहले सुना है कि वो रेलवे के किसी विभाग में एक छोटी-मोटी पोस्ट पर था मगर वो नौकरी शायद उसकी ज़ाती ज़िन्दगी की परेशानियों और महरूमियों के सबब दिन-ब-दिन उससे दूर होती गई और आख़िरकार एक दिन उसकी ग़ायब-दिमाग़ी के चलते उसे हमेशा के लिए छुट्टी पर भेज दिया गया। बेकार बैठना उसके मिज़ाज का हिस्सा नहीं था, चुनाँचे उसने कुछ रोज़ बाद तरह-तरह के धंधे अपनाने शुरू किये, जिनमें से एक स्क्रिप्ट-राइटर और स्टोरी-नैरेटर का भी था। कहने वाले कहते हैं और मानने वाले मानते हैं कि दो-तीन स्क्रिप्ट-राइटरों समेत सिनेमा घरों में तीन दिन चलने वाली बॉलीवुड की दो-एक हद दर्जा पिटी हुई फ़िल्मों में उसका नाम भी पर्दे पर देखा गया था। हालाँकि ये बात और है कि इसकी गवाही के लिए अब्दुल क़ादिर के पास ले-देकर एक ही जिगरी यार था, जो नया नगर में चाय का होटल चलाता था और जहाँ अक्सर एडिटर की बैठकें हुआ करती थीं, हालाँकि इधर चन्द रोज़ से उसने मजीद साहब की लाइब्रेरी का रुख़ कर लिया था। वहाँ दिन-दिन भर वो बैठता और मजीद साहब की मौजूदगी में भी अपने अदबी कारनामों और झगड़ों का बयान बड़े दिलचस्प अन्दाज़ में दाँत पीस-पीसकर और अल्फ़ाज़ चबा-चबाकर किया करता। एडिटर किसी को कुछ भी नहीं समझता था, मजीद

साहब को थोड़ी-बहुत इज़्ज़त दे दिया करता मगर वो भी एहसान की तरह, जिसे वो हँसकर क़बूल भी कर लेते। उसके आगे बोलने की मजाल पहले भी लोगों में नहीं थी जो अब उसका रिसाला निकलने के बाद और डूब गई थी। ताइर अमरोहवी, अमानत मिर्ज़ा और क़ारी मुस्तक़ीम तो दूर, वो नज़ीर रूहानी को भी किसी ख़ातिर में नहीं लाता था और अक्सर उसका मज़ाक़ 'तारीख़ निकालनेवाला शायर' कहकर उड़ाया करता था।

एडिटर किसी नशिस्त में शामिल नहीं होता था, सालाना मुशायरे में शामिल होने की उसे ख़्वाहिश तो थी और सच पूछिए तो इब्तिदा में उसकी फ़ेहरिस्त में अपना नाम दर्ज करवाने के लिए उसने कुछ तिकड़में भी कीं, मगर जब नाम नहीं आया तो उसने जलकर मुशायरे के ख़िलाफ़ एक तगड़ा सम्पादकीय लेख अपने रिसाले में छापा, जो पढ़ा तो कम लोगों ने, मगर उसका शोर ख़ुद उसने इतना मचाया कि मीरा रोड के सालाना मुशायरे में शामिल होने की सम्भावनाओं का द्वार भी उसके लिए हमेशा-हमेशा के लिए बन्द हो गया। दरअसल वो ज़ूद-रंज[1] इनसान था, उसके दिल-ओ-दिमाग़ में कोई ऐसा ग़म, कोई ऐसी हसरत पल रही थी, जिसे वो आम तौर पर ज़ाहिर नहीं करता था, मगर इसी बीमारी ने उसको हद दर्जा झगड़ालू बना दिया था। यही वजह थी कि उसके दोस्त बहुत कम थे। जो आज दोस्त है, कल उसी से किसी बात पर ख़फ़ा होकर किसी उर्दू अख़बार में एक ख़त घसीट मारना और ऐसी ऊल-जुलूल बातें करना कि सामने वाले से दोस्ती का छोटा-सा भी रास्ता खुला न रह जाए, उसका तरीक़ा था। सबसे पहले वो यूसुफ़ जमाली के यहाँ बैठा करता था।

---

1. जल्दी नाराज़ होने वाला।

पूरे एक साल सब्र से इन्तिज़ार करने के बावजूद जब उसका नाम मुशायरे में नहीं आया तो उसका उनसे ज़बरदस्त झगड़ा हुआ। फिर क़ारी मुस्तक़ीम के यहाँ कुछ दिनों बैठक रही। लेकिन एक रोज़ किसी मसअले पर बात बढ़ गई और वो दुकान-ए-यारान-ए-नुक्ता-दाँ[1] भी एडिटर का ठिकाना न रही। वो नशिस्तों में जाता नहीं था या बुलाया नहीं जाता था, इस पर भी दो राय थीं। एक धड़ा मानता था कि वो पहले-पहल कुछ नशिस्तों में बुलाया गया मगर ग़ज़ल के किसी बे-बहर शेर पर टोके जाने के जवाब में भड़क उठा। उसका कहना था कि वो ग़ज़ल की शायरी करता ही नहीं, चुनाँचे इतनी देर से जिस नस्री नज़्म को दोस्त ग़ज़ल समझकर सुन रहे थे, वो इस नज़्म में रदीफ़-ओ-क़ाफ़िए की तकरार पर पहले तो हैरान हुए फिर तुनक गए कि एडिटर उन्हें बेवक़ूफ़ समझता है। चुनाँचे बात कॉलर पकड़ाई तक पहुँच गई।

ऐसा ही एक दूसरी नशिस्त में हुआ जहाँ उसने किसी नए-नवेले तरन्नुम से ग़ज़ल पढ़नेवाले शायर को किसी मामूली से ग़ैर-मज़हबी मज़मून पर टोक दिया। न सिर्फ़ टोक दिया बल्कि वो शायर से ज़िद करने लगा कि वो अपने इस गुस्ताख़ाना लहजे के लिए भरी महफ़िल में माफ़ी माँगे और मिसरे में उसके बताए हुए सुधार करे। शायर ने जब माफ़ी नहीं माँगी तो उसने शायर को उल्लू के पट्ठे के ख़िताब से नवाज़ दिया और इसके जवाब में शायर ने खौलती हुई चाय उसके मुँह पर दे मारी। हफ़-हफ़ करता हुआ वो उछलकर लड़ने के लिए तैयार हो गया। एडिटर को अन्दाज़ा नहीं था कि अदबी झगड़ा जब जिस्मानी झगड़ा बनकर कुश्ती की शक्ल ले ले तब क्या किया जाए,

1. शायरों के मिलने की जगह।

चुनाँचे जब तक वो आस्तीन चढ़ाता, उस नौजवान शायर ने एक ज़ोरदार लात ठीक उसकी टाँगों के बीच लटकते ढेलों पर जमा दी। वो ऊई-आह कहकर बल खा गया। उसकी एक आँख उबल पड़ी थी, दूसरी आँख जो आम हालात में तक़रीबन बन्द ही रहती थी, दर्द की शिद्दत से थोड़ी और खुल गई थी। गले से कुछ घड़घड़ाती हुई चीख़ें निकलीं और वो बेहोशी की कैफ़ियत में गालियाँ बकता हुआ ज़मीन पर धम से गिर गया। नौजवान शायर उसके सीने पर बैठ ही चुका था, मगर मेज़बान और दूसरे मेहमानों की टीम ने मिलकर बड़ी मुश्किल से उसे अलग किया। उस दिन तो एडिटर किसी तरह से बच-बचाकर वहाँ से भाग निकला, मगर दोबारा फिर कभी न उसने नशिस्तों का रुख़ किया और न ही किसी ने उसे अपने यहाँ बुलाकर अच्छी-ख़ासी पुरतकल्लुफ़ महफ़िल को अखाड़े में बदल देने की हिम्मत दिखाई।

15

"इस हरामी को मैं नहीं छोड़ूँगा। इसकी हिम्मत कैसे हुई मेरे रिसाले में चोरी की ग़ज़ल भेजने की!"

एडिटर लाइब्रेरी में बैठा हुआ ग़ुस्से से उबल रहा था। आसपास कुछ और लोग बैठे थे। नए शुमारे में किसी नए कश्मीरी शायर की एक ग़ज़ल छपी थी। मगर रिसाला जब छपकर आया और एडिटर ने इसकी कॉपियाँ ग्राहकों को पोस्ट करने से पहले अपने दोस्तों-यारों में बाँटी तो मजीद साहब ने पन्ने उलटते-पलटते हुए उस ग़ज़ल के बारे में सवाल किया। मजीद साहब ने बताया कि ये ग़ज़ल तो उर्दू की एक मशहूर शायरा की है और उनके संग्रह में शामिल है। अगले ही दिन सुबूत के तौर पर उन्होंने लाइब्रेरी से वो किताब ढूँढ़कर एडिटर को दिखा भी दी।

मसअला ये था कि बीस-एक कॉपियाँ डाक के ज़रिए भेजी भी जा चुकी थीं और डाक की पहली बाक़ायदा लॉट, जिसमें कॉपियाँ बँधी रखी थीं, भेजे जाने के लिए बिलकुल तैयार थी। अगले दिन उसे पोस्ट ऑफ़िस में तय वक़्त पर पहुँचाया जाना था। चूँकि अब कुछ हो नहीं सकता था और अगला शुमारा आने में अभी पूरे तीन-चार माह का वक़्त था इसलिए एडिटर अपनी कम-इल्मी और शर्मिन्दगी के एहसास से फुँका जा रहा था। मजीद साहब ने उसे दिलासा देते हुए कहा,

"कोई बात नहीं, अगले शुमारे में मुआफ़ीनामा लगा देना। हो जाता है ऐसा।"

एडिटर अपनी एक आँख से फ़र्श को घूरे जा रहा था। थोड़ी देर में जब नार्मल हुआ तो उसने कहा, "अब इतनी ग़ज़लें उर्दू में लिखी जाती हैं, कौन-सी ग़ज़ल किसकी है, पता लगाना भी तो मुश्किल काम है। ये भी तो नहीं कि हर शायर का अपना स्टाइल हो। मैं बहनचोद ये ग़ज़ल-वज़ल छापना ही अगले शुमारे से बन्द कर दूँगा। सरपरस्त साहब की तरफ़ से अब अलग डाँट सुननी पड़ेगी कि ये फ़ैसला लेने से पहले मैंने उनसे पूछा नहीं। अच्छा इत्तिफ़ाक़ देखिए साहब, मैंने सिर्फ़ ग़ज़ल के मुआमले में ही अपनी अक़्ल चलाई, बाक़ी सारे मज़ामीन, अफ़साने, क्लासिकी अदब का हिस्सा यहाँ तक कि ख़त भी उन्हें दिखाकर ही छपने के लिए दिये। मैंने सोचा कि भई एडिटर हूँ तो ग़ज़ल तो देख ही लूँ, आख़िर मेरी भी कुछ ज़िम्मेदारी है...उफ़ मेरी बेअक़्ली...नहीं दिखाया था उनको न दिखाता, आप ही से पूछ लेता मजीद साहब...तौबा-तौबा...गुल-ए-अदब के किसी शुमारे में ऐसा कभी नहीं हुआ।"

जिस प्लास्टिक की कुर्सी पर वो बैठा था वो अचानक धसक

गई और एडिटर ज़मीन पर आ गिरा। पता चला कि एक पाया उखड़ गया है, चूतड़ों पर लगी धूल को हथेलियों की मदद से साफ़ करता हुआ वो उठा और उठकर बराबर रखे लकड़ी के एक स्टूल पर बैठ गया। मजीद साहब और बाक़ी के दोस्त उसे देख रहे थे। नजीब भी एक कोने में बैठा इस नए शुमारे में ग़ज़लों के हिस्से को देख रहा था। वो ख़ुश था क्योंकि इसी शुमारे में उसकी दो ग़ज़लें एक साथ छपी थीं। वो सोच रहा था कि अब 'गुल-ए-अदब' का अंक जहाँ-जहाँ जाएगा, लोग उसके नाम से वाक़िफ़ होंगे। उसकी शोहरत अब सिर्फ़ नया नगर की गलियों तक ही सीमित नहीं रहेगी, बल्कि वो पूरे मुल्क में फैलेगी। उसका अनोखा अन्दाज़, अलग लब-ओ-लहजा ज़रूर बहुत से लोगों को अपनी ओर आकर्षित करेगा। उसे ये सोचकर बुरा भी महसूस हो रहा था कि 'गुल-ए-अदब' का अगला शुमारा छपने में अभी काफ़ी वक़्त है। वो देखना चाहता था कि मशाहीर-ए-अदब[1] के 'गुल-ए-अदब' को लिखे गए ख़तों में कौन-कौन, कहाँ-कहाँ और कैसे-कैसे उसका ज़िक्र करता है।

"क्या अहवाल हैं दोस्तों?"

नाज़िम अब्बासी की फूली हुई साँस से उलझी हुई आवाज़ ने उसका ध्यान तोड़ा। वो अभी-अभी लाइब्रेरी में आए थे, उनके हाथ में भी 'गुल-ए-अदब' का नया शुमारा था। वो आकर मजीद साहब के बराबर लगी कुर्सी पर बैठ गए, जहाँ पहले एक लोकल शायर बैठा था मगर नाज़िम अब्बासी की उम्र का लिहाज़ करते हुए उसने उठ जाना मुनासिब ख़याल किया। मजीद साहब ने उन्हें पूरा मुआमला समझाया। पहले तो उन्होंने एडिटर की तरफ़ देखा और उसके बाद

1. प्रसिद्ध हस्तियाँ।

सँभलकर बोले, "हो जाता है मेरे ख़याल से ऐसा। इसमें ऐसी कोई बड़ी बात नहीं। अगला शुमारा आए तो मुआफ़ीनामा शामिल कर देना और इस शायर को ब्लैकलिस्ट कर दो।"

दूसरी बार यही मशवरा मिलने पर एडिटर ने गहरा हुँकारा भरा और पीछे मौजूद दीवार से सर टिकाते हुए कहा, "अगले शुमारे से कोई ग़ज़ल शामिल ही नहीं होगी।"

"ग़ज़ल पर तुम्हारा ग़ुस्सा ठीक नहीं," नाज़िम अब्बासी ने ग़ज़ल का मुक़द्दमा लड़ते हुए कहा, "अब ये अलग बात है कि इस मुआमले में तमीज़ करना थोड़ा मुश्किल ज़रूर है, मगर साहिब-ए-उस्लूब[1] ग़ज़ल गोयों को पहचानना नामुमकिन काम भी नहीं।"

एडिटर ने दाँत चबोड़ते हुए कहा, "साहिब-ए-उस्लूब माई फ़ुट...मुझे तो साला कोई फ़र्क़ नज़र नहीं आता इन ग़ज़लगोयों में। मीर से लेकर फ़िदा तक सब एक ही जैसे लगते हैं मुझे। नहीं आप ही बताइए, पिछले दिनों मेरे एक फ़िल्मी दोस्त ने सवाल किया कि भाई ये अच्छी ग़ज़ल और बुरी ग़ज़ल की पहचान कैसे होती है?, मुझे कुछ समझ में नहीं आया! मैंने कहा रदीफ़ और क़ाफ़िए से। फिर थोड़ी देर बाद अपने ही जवाब से मुझे उलझन होने लगी। ये भी कोई बात हुई! क्या कोई शायर ऐसा है जिसके यहाँ अच्छे शेर न हों? या कोई ऐसा ग़ज़ल-गो है, जिसने कभी बुरा शेर न कहा हो? एक उस्लूब? कहाँ से बनेगा स्टाइल जब मज़ामीन आपके हाथ में नहीं हैं, वो तो क़ाफ़िए और रदीफ़ मिलकर तय करते हैं, फिर बहर का भूत अलग सर पर सवार रहता है। उस्लूब तो तब पैदा हो जब ये सब पचड़े न हों। मुझे तो ज़्यादातर मीर, फ़िराक़ और नासिर

1. अपनी शैली बनाने वाला।

के शेर एक ही जैसे लगते हैं। ये इकलौती सिन्फ़[1] है जो रिवायत[2] से आगे का सफ़र नहीं करती बल्कि पीछे की तरफ़ भागती है।"

"ये तो तुम ज़्यादती कर रहे हो अब्दुल क़ादिर!" नाज़िम अब्बासी ने बीड़ी सुलगाते हुए कहा, "देखो इधर-उधर की तो तुम जानो...क्या मेरी ग़ज़ल में भी तुम्हें उस्लूब की सतह में कोई तजुर्बा नज़र नहीं आता?"

एडिटर भन्नाया हुआ बैठा था या पता नहीं उसे मौक़े की तलाश थी, उसने बग़ैर किसी मुरव्वत के कहा, "तुमने क्या किया है? कहावतों और मुहावरों को पिरो लेना कोई शायरी होती है? अगर ये शायरी होती है तो मुझे कहने दो कि फ़िल्मी शायर ये काम बहुत पहले से कर रहे हैं...ज़हन पर ज़ोर डालूँ तो एक-दो मिसालें तो अभी मिल जाएँगी।"

उसने थोड़ा ठहरकर कहा और इस दौरान उसके माथे की शिकनें और गम्भीर हो गई थीं, "हाँ ये देखो...वो क्या गाना है...पासे सभी उलट गए दुश्मन की चाल के, अक्षर सभी पलट गए भारत के भाल के...फिर वो गाना है...मेरी आँख फड़कती है...दाएँ या बाएँ? तेरा साजन आने वाला है...तो मुहावरा इस्तेमाल कर लेना शायरी नहीं है... अब ये भी देखो कि जदीद ग़ज़ल...वो भी ऊटपटाँग है...बल्कि पता नहीं मुर्ग़ी या बिल्ली की टाँग है...ये जो आजकल के शायर लिख रहे हैं तजुर्बे के नाम पर, इसे तो मजरूह ने बहुत पहले लिख दिया था, सी ए टी, कैट, कैट यानी बिल्ली, आर ए टी...रैट...रैट यानी चूहा, दिल है तेरे पंजे में तो क्या हुआ...मेरी तो समझ में ही नहीं आता कि कैसे कोई फ़र्क़ करे इस ग़ज़लगोई और फ़िल्मी शायरी में।"

1. विधा।
2. परम्परा।

उसकी साँसें ये सब कहते हुए फूलने लगीं। अचानक एक दोस्ती के एहसास का लम्हा शायद उस पर हावी आ गया था, जिसने उसकी ज़बान रोक ली। नाज़िम अब्बासी उसे हैरत से देख रहे थे। मजीद साहब ज़ेर-ए-लब मुस्कुरा रहे थे। फिर उन्होंने एक अदा के साथ अपनी बात यूँ शुरू की, "ये बात बहुत हद तक ठीक लग सकती है कि ग़ज़ल की ज़्यादातर शायरी में फ़र्क़ कर पाना मुश्किल है। इसकी वजह ये है कि ग़ज़ल ओरिजनल सिन्फ़ नहीं है, एक तर्जुमाशुदा सिन्फ़ समझ लीजिए उसे, तभी तो आप दक्कन की शायरी का मुताला[1] करें या शुमाली[2]-हिन्द का, आपको फ़ारसी शायरी के असरात ही नहीं पूरे-पूरे तर्जुमे मिल जाएँगे। और इन तर्जुमा करनेवालों में क़ुली क़ुतुब शाह भी हैं और ग़ालिब भी। भई वली दक्कनी को सादुल्लाह गुलशन ने यही तो मशवरा दिया था कि फ़ारसी मज़ामीन बेकार पड़े हैं, उन्हें इस्तेमाल करो..."

सब लोग उनकी बातें ग़ौर से सुन रहे थे, "मगर ये ज़रूर ज़ुल्म होगा अगर हम कहें कि अच्छी और बुरी ग़ज़ल या शेर में फ़र्क़ नहीं किया जा सकता। अच्छा शेर तो मियाँ सुनते ही पता चलता है। बस फ़र्क़ इतना है कि हम ग़ज़ल की रिवायत, ज़बान, बयान, कैफ़ियत, नुक्ता-आफ़रीनी और तग़ज़्ज़ुल की तारीफ़ों से ठीक-ठीक वाक़िफ़ हों। कभी-कभी तो ग़ज़ल के एक शेर के मुक़ाबले में पूरा-पूरा नॉवेल हेच मालूम होता है...वो जो ग़ालिब ने कहा था, 'हमने दश्त-ए-इम्काँ को एक नक़्श-ए-पा पाया,' तो इसमें लाख तनाफ़ुर[3] का

1. अध्ययन।
2. उत्तरी।
3. (अर्थविज्ञान) साहित्य की परिभाषा के अनुसार किसी पद में दो शब्दों के उन दो अक्षरों का पास-पास होना जिनका उद्गम एक हो, जैसे : तुम क्या-क्या करते हो।

ऐब सही, मगर क्या ऐसा मिसरा कोई नौसिखिया या फ़िल्मी शायर कह सकता है? वैसे तो फ़िल्मी शायरी की असली मुख़ालिफ़त इस बुनियाद पर नहीं है कि वो शायरी है या नहीं, वो तो इस बुनियाद पर है कि इसके लिए शायर को अपना क़लम कोठे पर रखना पड़ता है। जैसा प्रोड्यूसर चाहेगा, वैसा लिखना पड़ेगा और अच्छी शायरी ऑन-डिमांड नहीं हो सकती...क्या मियाँ! और ये बात अब ख़ुद नई नस्ल भी समझ रही है। मैं कई रिसालों में देखता हूँ कि अब तो ग़ैर-मुस्लिम लड़के भी बड़ी अच्छी-अच्छी ग़ज़लें लिख रहे हैं।"

"लेकिन उस्ताद! इन लड़कों की ग़ज़लें एक क़िस्म का फ़रेब मालूम होती हैं।" एक शागिर्द ने नुक्ता उठाया। मजीद साहब ने सवालिया अन्दाज़ में उसे देखा तो उसने वज़ाहत की, "मेरे कहने का मतलब ये नहीं है कि सभी ऐसे हैं मगर ग़ैर-मुस्लिम लड़के जिस तेज़ी से शेर कह रहे हैं क्या आप को नहीं लगता कि उर्दू रस्म-उल-ख़त को ख़त्म करने की साज़िश भी हो सकती है इसके पीछे..."

मजीद साहब ने ग़ुस्से से मुँह फेरकर कहा, "क्या बेहूदा बात है।"

मगर एडिटर ने उनके शागिर्द का पक्ष लेते हुए कहा, "साज़िश की बात से तो मुझे पूरी तरह इत्तिफ़ाक़ नहीं है लेकिन हाँ ये बात ज़रूर तकलीफ़ देती है कि कोई देवनागरी में ग़ज़ल लिखकर उसे उर्दू की ग़ज़ल कहलवाने पर इसरार करे। अभी पिछले महीने ही मैंने दो ग़ज़लें इस नोट के साथ वापिस कर दीं कि ये कोई हिन्दी रिसाला नहीं है, मेहरबानी फ़रमाकर उर्दू में ग़ज़लें भेजें, मैं उर्दू का एडिटर हूँ, मुझे कोई दूसरी ज़बान नहीं आती। अच्छा सोचिए तो इतनी हिम्मत आती कहाँ से है। अब तो मैं सुनता हूँ कि मीरा रोड के मुशायरे में भी लोग देवनागरी में ग़ज़लें लिखकर लाते हैं और ख़ूब पढ़ते हैं और सुनने वाले उसे उर्दू ग़ज़ल कहकर दाद से नवाज़ते हैं!"

"ये बात मानी जा सकती है कि उर्दू शायरी करनेवालों को उर्दू ज़बान और लिपि तो सीखना ही चाहिए। मैंने कुछ एक ग़ैर-मुस्लिम शागिर्दों को पहले उर्दू पढ़ने की ही हिदायत की थी, फिर वो लौटकर नहीं आए।" मजीद साहब ने गहरे चिन्तापूर्ण लहजे में कहा।

"मेहनत से जी चुराते हैं और क्या। बस फरी-फरी मिल जाए, कुछ करना न पड़े।" इसी शागिर्द ने जले-भुने लहजे में कहा।

एक दूसरा शागिर्द जो अक्सर मुशायरों की निज़ामत भी करता था कहने लगा, "रातों-रात इतने ग़ैर-मुस्लिम शायरों का पर्दे पर उभर आना शक में तो डालता ही है, फिर सवाल ये भी है कि ये लोग न उर्दू रस्म-उल-ख़त जानें, न अपने शेरों की तक़्ती[1] ही करना जानें, तो फिर इतनी सारी ग़ज़लें ये कहते कैसे हैं। मेरा तो ख़याल है कि इन सब का उस्ताद कोई एक ही है, जो ख़ामोशी से उन्हें लिखकर देता रहता है और क्या पता बदले में कुछ लेता-लवाता भी हो या फिर उसकी नीयत कुछ और हो, वल्लाह-आलम-बिस्सवाब। और फिर इसमें उर्दू वालों का हक़ भी मारा जाता है।"

नाज़िम अब्बासी ने गम्भीर लहजे में इस मुआमले में अपना नज़रिया पेश किया, इस तरह जैसे वो एडिटर से अपनी बेइज़्ज़ती का बदला भी चुका देना चाहता हो, "मगर साहब! ज़माना भी तो बदल रहा है। हो सकता है कल को देवनागरी में ही अदबी रिसाले छपा करें।"

किसी ने इस बात का कोई जवाब न दिया। हर तरफ़ ख़ामोशी थी। कुछ एक सुनने वाले जो बैठे थे, इस उम्मीद में थे कि कोई कुछ बोले। नजीब उस बहस से उकताकर 'गुल-ए-अदब' में छपे एक शायर की जीवनी पढ़ने में मसरूफ़ हो गया। नाज़िम अब्बासी

1. शेरों का वज़न निकालना।

अपनी बेइज़्ज़ती को धुएँ के कशों में उड़ाने की कोशिश कर रहे थे।

शाम के छह बजने आए थे, किसी बाइक के बाहर रुकने की आवाज़ आई। ये वसीम की बाइक थी। उसने लाइब्रेरी में दाख़िल होते ही सभी लोगों को धीमे-से सलाम किया और फिर मेज़ के सामने बैठे एक लड़के से पूछा, "कितनी किताबें निकलीं?"

जवाब में लड़के ने अँगूठे के इशारे से एक भी किताब के इशू न होने की इत्तिला दी। लाइब्रेरी खुले दो महीने हो चुके थे, और इस पूरे अर्से में मुश्किल से चार-पाँच किताबें ही इशू कराई गई थीं, और उनमें से भी दो किताबें तय-शुदा वक़्त के गुज़र जाने पर भी वापिस नहीं आई थीं। वसीम किसी से कुछ बोले बग़ैर बाहर निकला, उसने बाइक स्टार्ट की और लाइब्रेरी में बैठे लोगों की नज़रों से पल-भर में ओझल हो गया। थोड़ी देर बाद एडिटर भी स्टूल से उठकर बग़ैर कुछ कहे दुकान से बाहर निकल गया।

16

आसमान पर बादल छाए हुए थे। मुम्बई के आसपास के इलाक़ों में आवारा बादल कभी भी रक़्स करते हुए कहीं से आ निकलते और हवाओं पर डेरा डालकर बूढ़ी दादियों की तरह भरे बैठे रहते। न बरसते, न गरजते।

लाइब्रेरी से इस महीने दस से ज़्यादा किताबें इशू करवाई गई थीं, किराए भी जमा हुए थे और दुकान में आकर पढ़नेवाले दो-एक पक्के ग्राहक भी बन गए थे। उस दिन वसीम का मूड शायद कुछ अच्छा था। वो लाइब्रेरी के चबूतरे पर घुटनों को बाँहों में घेरे बैठा था। वो जब भी लाइब्रेरी आता, इसी तरह बैठा रहता था। मजीद साहब एक किताब के गहरे अध्ययन में डूबे हुए थे। नजीब का कोई पता नहीं था। इधर मजीद साहब की बेफ़िक्री में थोड़ा इज़ाफ़ा हुआ

था क्योंकि घर के बाक़ी किराए में से दो महीनों का किराया वादे के अनुसार वसीम ने अदा कर दिया था। लाइट बिल अभी जमा होना बाक़ी था। कुछ पैसे उसने मजीद साहब की जेब में चुपके से डाले भी थे, जिसकी वजह से घर में कुछ हलवे-माँडे भी तैयार हुए। नज़र-फ़ातिहा भी दिलवाई गई और मजीद साहब की बीवी के माथे पर जमी हुई हमेशा की शिकनों में सुकून का थोड़ा-सा पानी उतर आया।

वसीम ने चेकदार शर्ट पहन रखी थी। पैंट वो हमेशा फॉर्मल पहनता और बेल्ट कमर से कुछ ऊपर बाँधता। एक आवारा बूँद कहीं से आकर उसकी हथेली पर गिरी। उसने आसमान की तरफ़ नज़र उठाकर देखा। दूर सड़क पर दो बोरी मुसलमान ऊँची गोल टोपियाँ लगाए, हरे रंग का कुर्ता-पाजामा पहने आपस में बात करते हुए जा रहे थे। वो जिस दरख़्त के पास से गुज़र रहे थे वो हवा से ऐसे झूम रहा था, जैसे कोई बदमस्त शराबी तरंगें ले रहा हो, बस फ़र्क़ इतना हो कि उसके पैर किसी खूँटे से बँधे हों। इक्का-दुक्का गाड़ियाँ, मोटरसाइकिलें भी गुज़र रही थीं। दो महीने बाद वसीम को लाइब्रेरी खोलने के अपने फ़ैसले पर थोड़ी ख़ुशी हो रही थी, हालाँकि अभी भी लोगों की आमद और किताबों से मिलनेवाली रक़म के बावजूद वो दुकान के किराए और मजीद साहब पर ख़र्च होने वाली रक़म की वजह से घाटे में ही था, मगर कारोबार का सिक्का जमते-जमते ही जमता है।

वो जानता था कि शुरुआत के तीन-चार महीनों में तो लोगों को लाइब्रेरी के बारे में पता चलेगा। इसके लिए उसने छोटे साइज़ के पैम्फ़लेट भी छपवाए थे, जिन्हें किराए के कुछ लड़कों के ज़रिए हर जुमे की नमाज़ के बाद मस्जिद के गेट पर खड़े होकर नमाज़ियों को

बाँटा जाता। दो-तीन बार वो अख़बारों में रखवाकर भी इन पैम्फ़लेट को नया नगर के ज़्यादातर घरों में पहुँचाने का काम कर चुका था। माउथ पब्लिसिटी से भी उसने बहुत काम लिया था। लाइब्रेरी को थोड़ी शोहरत मिल जाए इस वजह से उसने अब तक दो-तीन नशिस्तें भी लाइब्रेरी में करवाई थीं, जोकि मेहमानों और किताबों की वजह से ठसाठस भरी हुई मालूम होती थीं और शायरों की तादाद को नज़र में रखते हुए उसे सड़क पर भी प्लास्टिक की कुछ कुर्सियाँ किराए पर लेकर लगवानी पड़ीं। वसीम को अब महसूस हो रहा था कि इतना सब कुछ करने पर भी किताबों के न निकलने से वो नाउम्मीदी के जिस भँवर में डूब रहा था, अब वो भँवर कुछ बैठता हुआ मालूम हो रहा है। ग्राहकों की लहरें आने लगी थीं और मौसम कुछ तब्दील हो रहा था।

वसीम कारोबार के मुआमले में नया ज़रूर था, मगर जल्द हार मान लेने वाला या कोई जज़्बाती क़िस्म का इनसान नहीं था। उसने मजीद साहब से साफ़ लफ़्ज़ों में कह दिया था कि उनके घर का अगला किराया वो लाइब्रेरी से होने वाली आमदनी के ज़रिए ही दे पाएगा। चुनाँचे अगर मुनाफ़ा नहीं हुआ तो मुमकिन है कि उन्हें किराए का इन्तज़ाम कहीं और से करना पड़े। मजीद साहब रुपये-पैसों की बात निकलते ही फ़ौरन उसे यूँ ख़त्म करने की कोशिश करते जैसे उनके हाथ पर कोई चिपचिपी चीज़ चिपक गई हो और वो हाथ झटककर उसे साफ़ करना चाह रहे हों। वसीम इन्हीं कारोबारी सोचों में गुम था कि अचानक सामने से नाज़िम अब्बासी आते दिखाई दिये। वो क़रीब आए तो उनसे पहले ही लपककर वसीम ने उनसे हाथ मिलाया। पिछली किताब वो अपने साथ लाए थे, अन्दर बैठे हुए लड़के को उन्होंने वो किताब वापिस की और जमा की हुई रक़म

में से किराया काटकर बाक़ी रक़म वापिस लेकर जेब में रखी। फिर वो मजीद साहब की बग़ल में बैठ गए। उनके चेहरे से ही मालूम होता था कि वो किसी उलझन में हैं, चुनाँचे मजीद साहब ने पूछा,

"क्या बात है नाज़िम साहब? सब ख़ैरियत है?"

"जी ख़ैरियत है, बस एक मसअला उलझ गया है। हमारे बहनोई लखनऊ के कट्टर शिया हैं ये तो आप जानते ही हैं। मगर उनकी शिअत सिर्फ़ मज़हब तक ही मख़सूस नहीं है। बल्कि वो इल्मी-ओ-अदबी मुआमलात में भी लखनऊ और उसकी तहज़ीब का बचाव यूँ करते हैं और उसकी शान इस तरह बयान करते हैं, जैसे कर्बला-शरीफ़ का ज़िक्र कर रहे हों।"

"ये तो मैं जानता हूँ, मगर इसमें परेशानी की क्या बात है?" मजीद साहब ने मुस्कुराते हुए कहा।

"परेशानी की बात ये है कि कल वो मेरे सामने ग़ालिब का एक शेर लाए और कहने लगे कि देखिए ग़ालिब भी दिल्ली पर लखनऊ की ज़बान को फ़ौक़ियत[1] देता था। मैंने उनसे सनद माँगी तो उन्होंने 'दीवान-ए-ग़ालिब' का एक नुस्ख़ा मुझे दिया, जिसमें एक ग़ज़ल के शेर पर उन्होंने लाल घेरा बना रखा था, वो शेर था—

रवा रखो न रखो था जो लफ़्ज़-ए-तकिया-कलाम
अब इसको कहते हैं अहल-ए-सुख़न सुख़न-तकिया

अब वो ज़िद पर आ गए हैं कि दिल्ली के लफ़्ज़ तकिया-कलाम के मुक़ाबले में ग़ालिब ने लखनऊ में बोले जाने वाले लफ़्ज़ सुख़न-तकिया को ज़्यादा पसन्द किया। मेरी अब तक की ज़िन्दगी में तो मैं इस बात या इस ग़ज़ल से वाक़िफ़ नहीं था। ग़ालिब के मुतदावल-दीवान

1. प्रधानता।

में भी ये ग़ज़ल नहीं। मैंने कहा अल-हाक़ी[1] कलाम होगा तो उन्होंने इस पर मुझे मुहक़्क़िक़-ए-कलाम-ए-ग़ालिब[2] अर्शी साहब का नोट भी दिखा दिया, जिसमें उन्होंने साफ़-साफ़ लिखा था कि अपनी तहक़ीक़[3] के दौरान उन्हें ग़ालिब के कलाम में ये ग़ज़ल मिली है, जिसकी सेहत के ताल्लुक़ से पूरी तरह मुतमइन होने के बाद उन्होंने इसे दीवान-ए-ग़ालिब में शामिल कर दिया है।"

अभी नाज़िम अब्बासी ये कह ही रहे थे कि क़ारी मुस्तक़ीम और मिर्ज़ा अमानत लाइब्रेरी में दाख़िल हुए। उनके चेहरों से ही टपक रहा था कि उन्हें कोई बात बताने की जल्दी है। मगर मजीद साहब चूँकि नाज़िम अब्बासी को बड़े ग़ौर से सुन रहे थे, इसलिए वो भी बराबर में बैठ गए और ध्यान से सुनने लगे। मजीद साहब ने पूरी बात सुनने के बाद सामने मौजूद किताब के दरमियान निशानी रखकर उसे बन्द किया और बड़े संजीदा अन्दाज़ में कहने लगे,

"ये ग़ज़ल जिसका आप ज़िक्र कर रहे हैं, ये ग़ालिब की ग़ज़ल नहीं है। दरअसल 1969 में 'ग़ालिब सदी' के मौक़े पर ऐसी एक नहीं कई ग़ज़लें कई रिसालों में शाए हुईं। ज़ाहिर है उस वक़्त मुहक़्क़िक़ीन-ए-ग़ालिब[4] में ग़ालिब का ग़ैर-मत्बूआ[5] कलाम जमा करने की होड़ मची हुई थी। नुस्ख़ा-ए-भोपाल[6] इससे कुछ ही अरसा पहले

---

1. किसी अन्य शायर का कलाम जो ग़लती से किसी अन्य शायर के दीवान में छप जाए।
2. ग़ालिब के कलाम के शोधकर्ता।
3. शोध।
4. ग़ालिब पर शोध करने वाले।
5. अप्रकाशित।
6. भोपाल से छपने वाला दीवान-ए-ग़ालिब।

बड़े अनोखे ढंग से सामने आया था और उस वक़्त वो दीवान सवा लाख रुपये में बिका था। ऐसे में बहुत-से शायरों ने ग़ालिब के अन्दाज़ में जाली ग़ज़लें कहकर रिसालों में छपवाईं। कुछ ने तो ग़ालिब की हैंडराइटिंग में पुराने काग़ज़ों के साथ ऐसी ग़ज़लें ढूँढ़ करके, उन पर लम्बे-लम्बे मज़ामीन भी लिखे। लेकिन जहाँ एक तरफ़ ग़ालिब के कलाम को हासिल करके छपवाने की भगदड़ मची थी, वहीं कुछ लोग ऐसे भी थे जो ग़ालिब के मुआमले में किसी लालच का शिकार न होकर हमेशा ईमानदार रहे। चुनाँचे जिस ग़ज़ल का आप ज़िक्र कर रहे हैं, वो भी किसी रिसाले से ही अर्शी साहब ने लेकर दीवान-ए-ग़ालिब के नुस्ख़ा-ए-अर्शी[1] में शामिल की थी, मगर इस पर एक लम्बा मज़मून आशिक़-ए-ग़ालिब जनाब अब्दुर्रहमान बिजनौरी[2] ने लिखा था और तमाम हवालों से साबित किया था कि ये ग़ज़ल ग़ालिब की नहीं हो सकती। उसका एक जुमला मुझे अभी तक याद है, उन्होंने लिखा था अगर ज़मीन-ओ-आसमान भी एक हो जाएँ तब भी मैं इस बात को मानने के लिए तैयार नहीं कि ये ग़ालिब की ग़ज़ल है, ये ग़ालिब का लहजा ही नहीं है। शायद इन्हीं रिसालों में कहीं वो लेख होगा। मैं आपको दे दूँगा आप अपने बहनोई को दिखा दीजिएगा, शायद उन्हें बात समझ आ जाए।"

नाज़िम अब्बासी के चेहरे पर कुछ इत्मीनान आया। उन्होंने मजीद साहब का शुक्रिया अदा किया। बात ख़त्म होती देखकर मिर्ज़ा अमानत तेज़ी से आगे बढ़ा और उसने मजीद साहब का हाथ पकड़कर पहले तो उसे चूमा, फिर अपना मतलब इन अल्फ़ाज़ में बयान किया, "पीर-ओ-मुर्शिद! दो महीने बाद आपकी सालगिरह

1. मौलाना इम्तियाज़ अली अर्शी का सम्पादित किया हुआ 'दीवान-ए-ग़ालिब'।
2. उर्दू के प्रसिद्ध लेखक।

है, और उसके एक माह बाद मीरा रोड का सालाना मुशायरा। हमें मुशायरे से कोई ख़ास मतलब नहीं है। हम तो बस ये चाहते हैं कि आपके नाम से एक शायराना जश्न मनाने की अगर इजाज़त मिल जाए तो नया नगर के सभी शायर इस मौक़े पर आपको वो ट्रिब्यूट पेश कर सकें, जिसके आप हक़दार हैं। आपकी सूफ़ियाना तबीयत, शान-ए-महबूबी और हमं सभी के लिए आप के दिल में जो हमदर्दी का जज़्बा है, इससे हमारी गर्दनें हमेशा दबी रहेंगी। चुनाँचे हमें अपनी मुहब्बत के इज़हार का एक भरपूर मौक़ा मिलना चाहिए। हम नया नगर में जश्न-ए-मजीद मनाना चाहते हैं।"

मिर्ज़ा अमानत की पूरी बात सुनकर मजीद साहब ने पहले तो इनकार किया। मगर जब क़ारी मुस्तक़ीम, नाज़िम अब्बासी और दूसरे लोगों ने बहुत इसरार किया तो आख़िर में उनकी गर्दन शर्म के एहसास से झुक गई और इसी को यारों ने इजाज़त का इशारा समझकर मुहब्बत का नारा बुलन्द किया।

17

अजीब सी हालत थी उस दिन तनवीर की। बस जी में आता था कि शहनाज़ के पास जाकर उससे कह दे कि अब वो और इन्तिज़ार नहीं कर सकता। रगों में अजीब-सा खिंचाव था, जैसे वो इन्तिज़ार जो उसकी देह में आहिस्ता-आहिस्ता बहता रहा था, अचानक दम तोड़ गया हो और ख़ून के बहाव में उसकी लाश पूरे बदन के चक्कर लगा रही हो।

उसने अपनी जानिब से एक ग़ज़ल लिखी, जिसमें शहनाज़ के होंठ, उसके गाल, उसके माथे, उसके बाल और उसके बदन के क़रीब-क़रीब हर हिस्से का ज़िक्र था, फिर उसे ले जाकर नजीब को थमा दिया। ग़ज़ल में चूँकि किसी का नाम नहीं था, इसलिए बड़े भाई के सामने उसे इस्लाह के लिए देते वक़्त उसे अपने दिल का

राज़ खुल जाने का कोई अंदेशा नहीं था। नजीब ने ग़ज़ल को ध्यान से पढ़ा, उसमें कुछ मिसरे बे-बहर थे। ग़ज़ल ठीक करके उसने भाई को दे तो दी, मगर बाद में वो लेटे-लेटे अकेले कमरे में पंखे के तेज़ी से घूमते हुए परों को देखते हुए सोचने लगा,

'बदन...बस बदन...ग़ज़ल की शायरी इसके अलावा क्या है? मैंने भी अभी तक क्या लिखा है, हर शेर में औरत के वजूद को बस उसके बदन तक समेट दिया है! कभी उसके गाल, कभी उसके होंठ, कभी उसके जिस्म के दूसरे हिस्से। इन पर बात करने से क्या हुआ और क्या हो रहा है? दुनिया किस रफ़्तार से बदल रही है, मगर उसके पास इस्लाह के लिए आने वाली ग़ज़ल के विषयों में कभी पास के प्लाट पर भिनभिनाते मच्छरों का ज़िक्र नहीं होता। तरह-तरह की बीमारियाँ हर साल पनपती हैं, कितने मजबूर हैं, जो सड़क पर एक रोटी के लिए हाथ फैलाए फिरते हैं, मौसमों का बदलना भी तो है, लोगों के बरताव भी तो हैं, उनकी तकलीफ़ें भी तो हैं, ये सब ग़ज़ल का हिस्सा क्यों नहीं बन पाता? ये कौन-सा हिज्र है, जो ख़त्म होने में ही नहीं आता? तीन-चार सौ साल बीत गए, लेकिन ग़ज़ल अपनी रिवायत पर किसी बूढ़ी दादी की तरह डटी हुई है। एक इंच भी आगे नहीं बढ़ती और जो आधुनिक होना चाहता है, नया होना चाहता है, उसे यही कहकर रद्द कर दिया जाता है कि इसमें ग़ज़ल वाली बात नहीं है।

उस रोज़ जब अब्बा को उसने अपना शेर सुनाया था, जिसमें ज़िन्दगी को पिघलती हुई आइसक्रीम की उपमा दी गई थी तो वो कितना ग़ुस्सा हुए थे, उन्होंने कहा था कि जदीद शायरी का मतलब हमारे शायर ये क्यों समझते हैं कि बस कोई अंग्रेज़ी लफ़्ज़ ठूँसकर उसे नया बना लिया जाए। उसने झुंझलाकर वो ग़ज़ल ही फाड़कर

फेंक दी थी। तो फिर वो नई शायरी कैसे करेगा, वो इन सबसे कैसे अलग होगा! क्यों ग़ज़ल लिखते वक़्त वो शहनाज़ के सरापा को ध्यान में लाता है? शहनाज़ क्या सोचती है? क्या महसूस करती है, उसे कभी कुछ नहीं पता चला, उसके रेशेदार दिमाग़ में कौन-से ख़याल दौड़ते हैं, वो हमेशा गहरे रंग क्यों पहनती है? उसे ज़्यादा मीठा क्यों नहीं पसन्द? उसे घर के काम करना अच्छा लगता है या नहीं? जब मैं उसे कनखियों से देखता हूँ या और लोग उसे नदीदों की तरह देखते हैं तो वो क्या ख़याल करती है? बहन के साथ हर नशिस्त में जाकर शायरी सुनना उसे वाक़ई पसन्द है या वो सिर्फ़ बहन की मुरव्वत में ऐसा करती है? हज़ारों सवाल हैं, मगर जवाब नदारद हैं। मैं तो बस यही देख पाता हूँ कि उसका जिस्म कैसा है? उसका पेट अन्दर है, बदन भरा हुआ है, होंठ ख़ूबसूरत हैं, आँखें गहरी काली हैं।

'तो क्या शहनाज़ बस इतनी ही शहनाज़ है? तो क्या हर औरत बस इतनी ही औरत होती है? तो क्या हर ग़ज़ल-गो बस ऐसा ही ग़ज़ल-गो होता है? ग़ज़ल का मतलब तो है औरत से बात करना, मगर औरत से मर्द क्या बात कर सकता है? और मुझ जैसा एक नौजवान लड़का तो क्या ही कह सकता है। यही कि उसे देखते वक़्त मेरी हथेलियाँ क्यों पसीज जाती हैं, मेरे होंठ क्यों सूख जाते हैं। तो अगर वो मुझे मिल जाए, अगर वो मेरी बीवी बन जाए तब भी क्या ये एहसास बरक़रार रहेगा...ओफ़्फ़ो कितनी वाहियात बात है। ये हर लड़की को हम लोग फ़ौरन बीवी बनाने के बारे में क्यों सोचते हैं? बस नज़र भरकर देखा और अपनी तरफ़ से शौहरी के हक़दार हो गए। कितना उसे जाना, कितना उसे समझा और सबसे बढ़कर ये कि क्या उसकी मर्ज़ी भी मालूम की?'

उसे याद आया कि उसने जमील जालिबी के एक मज़मून में पढ़ा था, उन्होंने एक क़िस्सा लिखा था, जिसमें एक शायर ने जब स्टेज पर सरापा हसरत होकर ये शेर पढ़ा—

तुम्हारी दीद से हसरत हमारी नाज़नीं निकली,
मगर जैसी निकलनी चाहिए वैसी नहीं निकली।

तो एक लड़की ने मुशायरे में खड़े होकर पूछ लिया, हज़रत ये तो बताइए कि इसमें नाज़नीन का क्या क़ुसूर है...

'ग़ज़ल की दुनिया में भी सब कुछ एकतरफ़ा है। शायर भी, उसका इज़हार-ए-मोहब्बत भी, उसके इशारे भी, उसका फ़न भी। देखा जाए तो ग़ज़ल का शायर पूरी ज़िन्दगी एक धोखे, एक वहम का शिकार रहता है। क्या मैं ख़ुद भी इसी वहम का शिकार हूँ? क्या मैं भी अपनी ही तरफ़ से ख़्वाब देखे जा रहा हूँ, अपनी ही तरफ़ से ऊटपटाँग तारीफ़ें किये जा रहा हूँ? किसी के होंठ अच्छे हैं तो क्या हमें उसकी नुमाइश लगाने की इजाज़त मिल जाती है? किसी के बाल अच्छे हैं तो क्या उनके साए पर हमारा कोई कॉपीराइट हो जाता है? क्या ग़ज़ल ने हमें औरत को देखने का कोई दूसरा तरीक़ा बताया ही नहीं? या फिर ये पूरा समाज ही औरत को इसी तरह देखता है, जिस तरह ग़ज़ल देखती है। ग़ज़ल भी तो इसी समाज का हिस्सा है, वो इसीलिए तो इस समाज में इतनी मक़बूल है। क्यों एक पुर-मानी नज़्म, गहरे मसाइल-ओ-मुआमलात से लबरेज़ ग़ज़ल की मक़बूलियत के आगे इतनी फीकी पड़ जाती है, क्योंकि ग़ज़ल पढ़ते वक़्त शायर तमाम सुननेवालों को औरत से अपने रिश्ते और तसव्वुर के हिसार में ले आता है, पूरा मजमा वाह-वा की सदा से गूँज उठता है। सबकी निगाह में बहुत-सी औरतों के साए रोशन हो

उठते हैं। तो क्या ग़ज़ल एक सभ्य मुट्ठमारी के अलावा और कुछ नहीं है? एक गिरोह की मुट्ठमारी, एक क़ौम की मुट्ठमारी? और ये कैसा समाज है, जिसमें मुट्ठमारी का हक़ भी सिर्फ़ मर्दों को है? क्या उसने किसी औरत की ऐसी कोई ग़ज़ल पढ़ी है, जिसमें मर्द के सुडौल बाज़ुओं, शफ़्फ़ाफ़ सीने या नाफ़ की लकीर का ज़िक्र होता? नहीं पढ़ी और शायद कभी पढ़ेगा भी नहीं, क्योंकि ग़ज़ल में शायर औरतों से बात करता है, औरतों पर बात करता है। जो विधा औरत के लिए बनाई ही नहीं गई, उसमें औरत लिखेगी भी तो मर्द के चबाए हुए और थूके हुए निवालों पर ही उसे गुज़ारा करना पड़ेगा। शायद इसीलिए जब भी नशिस्त में कोई ज़टल पढ़ी जाती है, कोई गन्दा लतीफ़ा सुनाया जाता है, किसी लड़की के जिस्मानी रिश्तों का ज़िक्र निकल पड़ता है तो दोस्त-अहबाब कितने ख़ुश हो जाते हैं, उनके चेहरों पर कैसी ताज़गी फूट पड़ती है, उनके दरमियान कैसे गन्दे इशारे होते हैं, जैसे इन सब ग़ज़ल-गो शायरों की ज़िन्दगी औरत की योनि के आसपास चक्कर लगाते हुए बीत जानी है, उसी तरह जैसे ज़मीन सूरज के गिर्द चक्कर लगाती रहती है, लगाती रहती है।"

वो इन्हीं सब बातों पर ग़ौर करता रहा। उसने फ़ैसला किया कि वो शहनाज़ से जब भी इज़हार-ए-मोहब्बत करेगा, उसे जब भी दिल की बात बताएगा तो उसे किसी ग़ज़ल में लपेटकर नहीं कहेगा। 'क्या पता तनवीर ये ग़ज़ल किस लड़की के लिए ठीक करवाकर ले गया है, शायद वो यूँ ही लिखवाकर ले गया हो, उसे नसीम की अम्मा फ़ुर्सत ही कब लेने देती हैं। ज़रूर वो अगली नशिस्त में शामिल होने की ग़रज़ से ही ये सब लिख रहा है। अच्छी बात ये है कि वो ख़ुद कोशिश करता है, वरना कितने ही ऐसे शायर और शायरात नजीब ने इस छोटे से दौर में देखे हैं, जिन्होंने उससे

ग़ज़लें-नज़्में लिखवाई हैं। नसीम तो फिर भी इस फ़ायदे से दूर है, मगर ताइर अमरोहवी...उसके लिए नजीब ने नई फ़िल्म के जो गाने लिखे थे वो तो अब सुपरहिट हो चुके हैं।

ये कैसी दुनिया है? जहाँ क्षमताओं का कोई मोल नहीं...सुना है ताइर अगले महीने अँधेरी जा रहा है, वो अब यहाँ नहीं रहना चाहता। उसने नजीब को तीन गानों के तीन सौ रुपये दिये थे...और ख़ुद उसने कितने रुपये कमाए होंगे...तीस हज़ार? तीन लाख? या फिर वो आगे कितने रुपये कमाएगा? वो अँधेरी जाने के बाद क्या करेगा? ज़रूर उसे किराए पर गाने लिखने के लिए लोग मिल जाएँगे। एक बार उसका नाम जम गया तो उसे नग़मे लिखवाने के लिए कई लोगों की ज़रूरत पड़ेगी, ऐसे लोग जो ख़ुद नग़मा-निगारी के शौक़ में मुम्बई में एड़ियाँ चटकाते-चटकाते बूढ़े हो गए हैं या फिर नजीब जैसे लड़के, जिनको मेहनत से डर लगता है, जिनका लोकल ट्रेन के डिब्बे में भीड़ की ज़्यादती से दम घुटने लगता है, जिन्हें बड़े-बड़े दफ़्तरों, बँगलों के बाहर हाथ में फ़ुलस्केप की फ़ाइल लिये घंटों तक खड़े रहने के ख़याल से ही चक्कर आता है। कल जब ताइर अमरोहवी, जावेद अख़्तर और गुलज़ार की तरह एक कामयाब नग़मा-निगार कहलाएगा तो क्या कोई पूछेगा कि उसकी शोहरत के पीछे कितनी नाकाम मेहनतों का पसीना है? उसके घर में उगने वाले दौलत के दरख़्त की जड़ें कितने भूखे पेटों की सौ-पचास रुपये की ज़रूरतों से जुड़ी हुई हैं?

'सब कुछ झूठ है, ग़ज़ल की तरह ये सारी शोहरत, ये सारी दौलत, ये सारी इज़्ज़त...सब पर एक ग़िलाफ़ चढ़ा हुआ है। सृजन अपने बल पर जितना बो नहीं सकती, दौलत उससे कई गुना एक लम्हे में काट सकती है। क्या इस शहर में सिर्फ़ शायर ही नक़ली

हैं? क्या उन्हीं के चेहरों पर नक़ाब है? या डाक्टरों, वकीलों, प्रोफ़ेसरों की डिग्रियाँ, बनिए के सामान और नेताओं के भाषण सभी में किसी न किसी नक़ली चीज़ की मिलावट मौजूद है?'

नजीब ये सब कुछ सोच रहा था कि उसे ख़बर मिली कि बाहर नासिर यलग़ार आया है। नासिर यलग़ार का नाम सुनकर वो जल्दी से उठा और बाहर की तरफ़ लपका। ये शख़्स बहुत दिनों बाद आया था, और उसकी बातें और बोलने का अन्दाज़ इतना दिलचस्प था कि सिर्फ़ नजीब ही क्या, सभी घरवाले उसके गिर्द घेरा बनाकर बैठ जाया करते थे।

18

नासिर यलग़ार बिलकुल बम्बैया ढब का आदमी था। छोटा-सा क़द, सर के बाल महीन और तराशे हुए। दाढ़ी और मूँछ बिलकुल बराबर। हर वक़्त गुटका उसके मुँह में रहा करता था। दाँतों पर एक क़िस्म की पीलाहट जम गई थी और मुँह हमेशा लाल रहा करता था। उसका लहजा इतना ख़ालिस बम्बई वाला था कि उसे सुनना ही अपने आप में एक लुत्फ़ की बात हुआ करती थी, तिस पर वो बातें भी मज़ेदार करता था। पेशे के एतिबार से पेंटर था और मीरा रोड की कई दुकानों के बोर्ड भी उसी ने पेंट किये थे मगर मजीद साहब का शागिर्द था क्योंकि शायरी भी करता था और वह भी ख़ालिस इस्लामी विषयों से लबरेज़। उसका एक शेर जो नजीब को याद था वो कुछ यूँ था—

वो जो ईमान के दुश्मन हैं बता दो उनको
कि अबाबीलें किसी वक़्त भी लौट आएँगी

उसने गुजरात दंगों के फ़ौरन बाद मुम्बई में होने वाले एक मुशायरे में जो ग़ज़ल पढ़ी उसे सुननेवालों ने बहुत पसन्द किया और इसी वजह से अब वो अक्सर मुशायरों में बुलाया जाने लगा था। उस ग़ज़ल के जो दो शेर बहुत मशहूर हुए वो ये थे—

हज़ार साज़िशें अपने ख़िलाफ़ करते रहें
हमारी क़ौम के बच्चों को साफ़ करते रहें
तुम्हीं बताओ कहाँ तक ये बात मुमकिन है
वो जुर्म करते रहें हम मुआफ़ करते रहें

नासिर यलग़ार इस बार ख़बर लेकर आया था कि मीरा रोड के मुशायरे की फ़ेहरिस्त जारी कर दी गई है और उसका नाम इस मुशायरे में मौजूद है। जब नजीब ड्राइंग रूम में आया तब नासिर यलग़ार अपने ख़ास अन्दाज़ में मजीद साहब को नज़र मुरादाबादी और नज़ीर रूहानी का ताज़ा क़िस्सा सुना रहा था। नजीब को देखकर वो उठा, उससे हाथ मिलाया और "क्या बोलते छोटे उस्ताद" कहकर उसे हाथ पकड़कर अपनी बग़ल में बिठा लिया। फिर दोबारा क़िस्से का आग़ाज़ करते हुए उसने कहा,

"तुम भी सुनो भाए! बड़ी पुर-लुत्फ़ बात बता रहा हूँ। ये नज़र है न, अरे वही नज़र मुरादाबादी हलकट...उसने पता है क्या किया? (हँसते हुए) अभी हुआ क्या कि अँधेरी में था मुशायरा और भोत दिनों से वो लगेला था अपने नज़ीर भाई के पीछू...साले की नज़र बड़ी डार्क है हाँ! मानना पड़ेगा...नज़ीर भाई अपने क्या, थोड़े शरीफ़

आदमी हैं...वो बेचारे मेरे को बता रहे थे, अरे भोत रो रहे थे यार... अल्लाह ऐसे साँप से बचाए भाए अपन सबको (उसने कानों को हाथ लगाते हुए कहा) तो हुआ ये कि अँधेरी के मुशायरे में शिरकत के लिए साथ में गया ये नज़ीर भाई के...अभी उन्होंने इस मुशायरे के लिए दो बिलकुल ताज़ा ग़ज़लें लिखी थीं...भाए सभी चाहते हैं कि मुशायरे में कुछ नया हो, अभी पब्लिक डिमांड भी होती है ना... वोइच घिसी-पिटी ग़ज़लें कब तक सुनाएगा कोई? तो बेचारे लिखे होंगे कुछ अच्छा...तो शामत आई न उनकी कि भाए वो ग़ज़लें दोनों दे दिये उस शैतान को कि तू सँभाल के रख, मेरे को मुशायरे के ऐंड में दे देना, बरोबर? अभी उसकी नीयत तो भाए उनको पता नहीं थी, तो ये अपना फ़ुल कोनफ़ेडेंट...अभी क्या कि सद्र भी यही थे ना मुशायरे के...तो भाए मुशायरा शुरू हुआ...ये तो बेचारे शफ़क़त वाले आदमी हैं ही...अल्लाह-अल्लाह। वो नज़र को उन्होंने बिलकुल एंड में अपने से थोड़ा पहले पढ़वाया। अब वो शैतान क्या किया भाए...आया और माइक पर ग़ज़ल पेश करता हूँ बोल के सीधा दाएँ देखा न बाएँ, इनकी ग़ज़लें पढ़ना स्टार्ट कर दिया। अब ये तो उछल गए, थोड़ा ज़ब्त किये रहेंगे कि चलो एक ग़ज़ल धोके से पढ़ गया, मगर जब वो हरामी दूसरी भी उनकी ग़ज़ल पढ़ने लगा तो भाई उनकी तो आँख से आँसू गिरने लगे। अब ये लगे उसको उलटा-सीधा बोलने, गाली-वाली भी बक दिये होंगे। अब हो ये रहा था कि आजू-बाजू के शायर इनको पकड़े हुए थे, ये गालियाँ बक रहे थे कि हरामी मेरी दोनों ताज़ा ग़ज़लें पढ़ डाला तू...अब मैं क्या पढूँगा। शैतान की औलाद। नाहंजार। पता नहीं क्या-क्या बोले। मगर वो सुनता तब ना। लोग उनको पकड़े ही रह गए कि वो उनकी दोनों ग़ज़लें पढ़कर कन्वीनर से अपना पैकेट लेकर चम्पत भी हो

गया। इतना फ़सुर्दा हुए भाए ये कि तबीयत बिगड़ गई इनकी। बता रहे थे कि टेंशन से इतनी गैस बन गई थी, बी.पी. हाई हो गया था कि अगले दिन हस्पताल में एडमिट करना पड़ा। तो ये इतना तो हरामी है। अच्छा इतना ही हुआ होता तो समझ भी लेते। पता है क्या किया है उसने?"

नजीब ने बेतहाशा हँसते हुए पूछा, "क्या?"

उसने जवाब दिया, "उनका ताज़ा ग़ैर-मत्बूआ मज्मूआ-ए-कलाम[1] लेकर चम्पत हो गया है हरामी। और हाथ ही नहीं आ रहा है उनके। दो बार उसके घर पर रैड डाल चुके हैं वो बेचारे..."

रैड डाल चुके हैं सुनकर नजीब हँसते-हँसते दोहरा हो गया। नासिर यलग़ार भी उसके साथ हँसते हुए कहने लगा, "अरे भाई तुम हँस रे हो। इतना पक्का वाला हरामी है ये कि जिस पांडू की बीवी को लाया है भगाकर वो अपने साथ कुछ लोगों को लेकर आया उसे ढूँढ़ते-ढूँढ़ते। इसको भाई तीन गली से उन लोग ने घेरा तो ये हरामी चौथी से निकलकर भाग गया।"

मजीद साहब भी मुस्कुरा रहे थे और उनकी बीवी भी हँस रही थीं। थोड़ी देर बाद हँसी का ये सैलाब रुका तो नजीब ने उसके हाथ से एक काग़ज़ लेकर देखा। मीरा रोड के मुशायरे की फ़ेहरिस्त थी। फ़ेहरिस्त में मिर्ज़ा अमानत, क़ारी मुस्तक़ीम और ताइर अमरोहवी तीनों का नाम था। नासिर यलग़ार का नाम भी मोटे-मोटे अक्षरों में लिखा था। बाक़ी भी कई शायर थे, मगर नजीब को उन नामों में अपने वालिद का नाम कहीं नज़र न आया। शायद नासिर इसी बात से थोड़ा नाराज़ भी था। उसका कहना था कि यूसुफ़ जमाली के पास जाकर इस बात पर विरोध करना चाहिए कि इतने सीनियर शायर को कैसे

1. अप्रकाशित शायरी संग्रह।

मुशायरे की फ़ेहरिस्त तैयार करते वक़्त नज़रअन्दाज़ कर दिया गया है और मजीद साहब उसे समझा रहे थे कि ऐसा कुछ भी करने की ज़रूरत नहीं है। उनके चेहरे पर कहीं भी बे-इत्मीनानी या ग़ुस्से का निशान तक नहीं था। नजीब ने सुना, नासिर यलग़ार कह रहा था,

"मैं तो मुशायरा में अपना एहतिजाज दर्ज कराऊँगा।"

नजीब ने देखा, बाहर आसमान पर बादल बहुत कम थे, धूप में तेज़ी नहीं थी, और आसमान की नीलाहट में परिंदों की डार कहीं बहुत ऊपर उड़ रही थी। इतनी ऊँचाई पर जहाँ से ज़मीन के बाशिन्दे बहुत छोटे दिखाई देते होंगे या शायद दिखाई ही न देते हों।

19

लाइब्रेरी का बोझ उठाना अब वसीम के लिए मुश्किल हो रहा था। इधर सवा महीना बीत गया और चार-पाँच किताबों से ज़्यादा इशू नहीं करवाई गई थीं। दूसरा एक मसअला ये भी था कि जो लोग रोज़ाना लाइब्रेरी में जमा होते वो बराबर की एक दुकान से चाय पर चाय मँगवाए जाते, और कई बार ऐसा भी होता कि चाय का बिल या उसका कुछ हिस्सा वसीम को ही अदा करना पड़ता। उसकी शादी भी लग गई थी। उसने लाइब्रेरी को एक पक्के कारोबार की उम्मीद में जमाया था मगर ये कारोबार नाकाम होता दिखाई दे रहा था। उसे समझ में आ चुका था कि लोगों को पाठ्यपुस्तकों और मज़हबी किताबों में ज़्यादा दिलचस्पी है। फिर जब लाइब्रेरी क़ायम हुई थी तब उसने ये भी सोचा था कि इतनी किताबों

में से कुछ मज़हबी किताबें भी होंगी, जिनको मुसलमानों की आबादी शौक़ से पढ़ती थी। मगर मजीद साहब की किताबों में 'कैंसर के इलाज का क़ुरआनी नुस्ख़ा' या 'शम्मा-ए-शबिस्तान-ए-रज़ा'[1] जैसी कोई किताब नहीं थी। यहाँ तक कि वसीम के पसन्दीदा रिसाले 'तिलस्माती दुनिया' का एक भी शुमारा इन किताबों में मौजूद न था। अव्वल बात तो आज की मसरूफ़ दुनिया में इतनी मोटी-मोटी मुश्किल अल्फ़ाज़ से भरी किताबों को पढ़ने की फ़ुर्सत ही किसे थी, उसके बाद अगर कोई किताब को किराए पर लेना भी चाहे तो उसके एक-दो मज़ामीन देखकर ही उसकी जान सूख जाती होगी। वसीम ने उन किताबों को कई बार ख़ुद खोल-खोलकर पढ़ने की कोशिश की थी। शायद ही कोई ऐसी किताब हो, जो उसे समझ में आई हो। इन किताबों में अजनबी शायरों के शेरी-मजमूए थे, मगर उनकी तादाद कम थी और शायरी पढ़ने के बजाय नया नगर में सुनना ज़्यादा पसन्द किया जाता था। कुछ उर्दू आलोचना, कुछ फ़ारसी के पुराने तज़्किरे[2], कुछ दक़ीक़ मंतक़[3] और दर्शनशास्त्र की किताबें, कुछ रूसी नॉवेलों के टाइप में छपे हुए उर्दू तर्जुमे और हुमायूँ, नुक़ूश, निगार, फ़ुनून जैसे रिसालों के पुराने और अनमोल शुमारे।

चुनाँचे वसीम को एहसास हुआ कि इससे तो बेहतर था कि ये किताबें कार्टनों में बन्द थीं। उसकी सारी मेहनत का फल बस इतना ही मिला था कि इन किताबों को थोड़ी हवा लग गई थी। वसीम को ये भी महसूस हुआ कि उसकी लाइब्रेरी, लाइब्रेरी कम

---

1. ऐसी किताब जिसमें बहुत से तंत्र-मंत्र और टोटके लिखे हों।
2. पुराने शायरों की ऐसी डायरी जिसमें वो अपनी पसन्द के शायरों के हालात और कलाम लिखते थे।
3. तर्कशास्त्र।

और किसी मुसाफ़िरख़ाने का हॉल ज़्यादा मालूम होता है, जहाँ सुबह से शाम तक तरह-तरह के लोग पढ़ने के लिए लगाई गई कुर्सियों पर बैठकर शायरी की बहसों में उलझे रहते। अपने स्कूल के ज़माने में वो कभी-कभार लाइब्रेरी जाया करता था। वहाँ तो बड़ा ही पुरसुकून और ख़ामोश माहौल हुआ करता है। उसे याद था कि अगर कभी वो अपने दोस्तों के साथ किसी बात पर भूले से भी हँसी-मज़ाक़ करता तो उसे लाइब्रेरियन की ग़ुस्सावर आँखों का सामना करना पड़ता। वहाँ तो ऐसी ख़ामोशी छाई रहती थी कि सुई भी गिरे तो आवाज़ सुनी जा सके और यहाँ का माहौल उसके बिलकुल उलट किसी मछली मार्किट की तरह था। कोई ग्राहक आकर यहाँ किताब पढ़ना चाहे भी तो क्या इतने शोर में किताबें पढ़ना उसके लिए मुमकिन हो सकता था।

वसीम ने इस सिलसिले को बन्द करने के लिए एक छोटी सी तख़्ती भी दुकान के बराबर में लाकर लगा दी थी, जिस पर लिखा था, 'ख़ामोशी से गुज़र गए, यहाँ लाइब्रेरी है'। मगर उसे अन्दाज़ा था कि जब राहगीरों की नज़र इस तख़्ती पर पड़ती होगी और वो लाइब्रेरी से उठते हुए शोर को सुनते होंगे तो बेसाख़्ता लाइब्रेरी के मालिक की बेवक़ूफ़ी पर हँस पड़ते होंगे। वो जानता था कि उसने ख़ुद को ही नहीं मजीद साहब जैसे शरीफ़ आदमी को भी एक मुसीबत में डाल दिया है। अब अगर वो यहाँ से किताबें उठा भी लें तो कहाँ ले जाकर रखेंगे। उनके घर का दो माह का किराया ख़ुद ही नहीं गया है। उनके मकान मालिक को वो जानता था, जो मजीद साहब की मुरव्वत में अक्सर चुप रहता था मगर उसने अपनी गलियंडी बीवी की मदद से इससे पहले अपने कई फ़्लैटों से ऐसे किराएदारों को बेइज़्ज़त करवाकर बाहर निकलवाया था, जिन्हें किराया देने में मुश्किल से दस-ग्यारह दिन की देरी हो जाती थी।

उसे ये सोचकर अजीब-सा लगा कि पता नहीं मजीद साहब जैसे इज़्ज़तदार आदमी उस औरत का सामना कैसे करेंगे। उसे मजीद साहब पर तरस भी आया और हैरत भी हुई कि इस तरह कोई शख़्स कैसे अपनी ज़िन्दगी गुज़ार सकता है? न कमाई-धमाई की कोई फ़िक्र, न बाल-बच्चों के भविष्य का कुछ ख़याल। पता नहीं उनके बच्चों की तालीम कहाँ तक हुई थी और अब तो वो भी शेर-ओ-शायरी के उसी चक्कर में पड़कर ख़्वार हो रहे थे। उसे ख़याल आया कि मजीद साहब की एक बेटी भी है, जो क़ुबूल-सूरत होने के साथ-साथ दिन-ब-दिन जवान होती जा रही है। मजीद साहब का यही हाल रहा तो वो उसकी शादी किस तरह करेंगे? वो सोचने लगा कि ये आदमी नया नगर आने से पहले क्या करता रहा होगा? क्या ये कहीं और से भी बेइज़्ज़ती सहकर निकला है या निकाला गया है? क्या कभी इस शख़्स ने अपनी पूरी ज़िन्दगी में कोई काम पीठ टिकाकर या मेहनत से किया भी होगा या फिर इन्हीं मोटी-मोटी किताबों ने इसकी शख़्सियत को इतना आलसी और भविष्य की तरफ़ से बेफ़िक्र कर दिया है।

उसके दिल में मजीद साहब की पिछली ज़िन्दगी को जानने की जिज्ञासा पैदा हुई, वो ज़िन्दगी जिस पर मजीद साहब ने अपने अब तक के नया नगर के क़याम में एक पर्दा-सा डाल रखा था। उसने मिर्ज़ा अमानत से एक-दो बार इस सिलसिले में जानना भी चाहा था मगर वो भी दूसरों की तरह मजीद साहब की पिछली ज़िन्दगी के हालात से बेख़बर ही था। उसने सोचा कि मजीद साहब जवानी में कैसे दिखते होंगे, उनकी शादी किन हालात में हुई होगी? उनकी बीवी के घरवाले कैसे लोग होंगे जिन्होंने एक मज्ज़ूब[1] क़िस्म के शायर से अपनी बेटी ब्याह दी थी। तभी उसे मजीद साहब की बीवी

की भी याद आई। कैसे उनकी आँखों में हर वक़्त परेशानी का पानी तैरता रहता है। वो कितनी बोलाई-बोलाई और सहमी हुई रहती हैं। कैसे कोई औरत मजीद साहब जैसे इनसान के साथ ज़िन्दगी की इतनी मुश्किलें सहते हुए अपने बच्चों के भविष्य को बर्बाद होता हुआ देख सकती है? बहरहाल ये बातें उसकी समझ में आएँ या न आएँ मगर नुक़सान उसे साफ़ समझ में आ रहा था। चुनाँचे उस रोज़ वो मजीद साहब के घर गया।

रात का वक़्त था, क़रीब ग्यारह बजे थे। सब बच्चे सो चुके थे। उसने दस्तक दी तो दरवाज़ा मजीद साहब की बीवी ने खोला और बड़े पुरजोश अन्दाज़ में उसे अन्दर आने की दावत दी। क़रीब आधे घंटे बाद आधा कप चाय की प्याली पीकर वो घर से बाहर निकला तो उसके चेहरे पर इत्मीनान था। उसने मजीद साहब को बता दिया था कि वो इस माह के आख़िर में लाइब्रेरी बन्द करके स्टेशनरी की दुकान खोलना चाहता है। मजीद साहब के चेहरे पर मायूसी की एक झलक तक नहीं उभरी, उन्होंने एक लम्बी साँस बाहर छोड़ी, उसके सर पर हाथ फेरा और दीवार से टेक लगाकर दोनों हाथों की उँगलियाँ आपस में गूँथे हुए छत की तरफ़ देखा। वसीम सोच रहा था कि मजीद साहब ने रात को जब बीवी की बग़ल में लेटकर उन्हें ये बात बताई होगी तो उस ग़रीब औरत के दिल पर न जाने क्या गुज़री होगी। मगर वो इस मुआमले में मजबूर था। उसने उठने से पहले नैतिकता के दबाव में मजीद साहब के हाथ में पाँच सौ रुपये रख दिये थे।

---

1. अपने-आप में रहने वाला।

20

जश्न-ए-मजीद की तैयारियाँ ज़ोरों पर थीं। बारह दिन बाद ये जश्न होना था मगर शागिर्दों ने अपनी तरफ़ से शोर-ओ-हंगामे में कोई कसर नहीं उठा रखी थी। बहुत कम लोगों को छोड़कर तक़रीबन सभी अदीबों और शायरों को आमंत्रित किया गया था। प्रोग्राम के छोटे-बड़े पोस्टर भी बनवाए गए थे और उन्हें नया नगर की कई दीवारों, खम्भों और कुछ ऑटो-रिक्शों पर भी चस्पाँ किया गया था।

हर तरफ़ जश्न-ए-मजीद का ज़िक्र था। लोगों के चेहरों पर ख़ुशी थी, इसमें कोई शक नहीं कि मजीद साहब के शागिर्दों ने अच्छी-ख़ासी रक़म भी ख़र्च की थी। इस जश्न के लिए एक बड़ा हॉल भी किराए पर ले लिया गया था जिसमें क़रीब दो सौ लोग जमा

हो सकते थे। प्रोग्राम को रात आठ बजे से रखा गया था ताकि लोग आराम से रात का खाना खाकर आ सकें। शायरों और मेहमानों के चाय-पानी का ख़र्च नया नगर की एक अदबी संस्था ने अपने ज़िम्मे लिया था। इसमें शामिल होने वाले शायरों में मुम्बई से दो बेहतरीन ग़ज़ल-गो शायरों को ख़ासतौर पर आमंत्रित किया गया था। फ़िदा फ़ाज़ली शहर में नहीं थे, और इस बात पर उन्होंने मजीद साहब के किसी शागिर्द से फ़ोन पर अफ़सोस का इज़हार भी किया था।

मजीद साहब अपने आसपास दोस्तों, शागिर्दों के हुजूम को समेटे किसी आलिम-ए-दीन[1] की तरह डूबे हुए थे। शायद उनके दिल में लाइब्रेरी के जल्द बन्द होने का ग़म और दूसरी परेशानियाँ घर किये हुए थीं। मलिक ने पिछले रोज़ तड़के ही अपनी बीवी को भेजा था, जिसने मजीद साहब की बीवी से बड़ी बदतमीज़ी से बात की थी। मजीद साहब की बीवी की आँखें रो-रोकर सूजी हुई थीं। उन्होंने मिन्नत-समाजत करके मलिक की बीवी को यक़ीन दिलाना चाहा था कि किराया जल्द ही अदा कर दिया जाएगा मगर उसने एक न सुनते हुए साफ़ अल्टीमेटम दे दिया था कि अगर अगले महीने की तीन तारीख़ तक किराया नहीं आया तो वो अपने साथ कुछ लोगों को लेकर आएगी, जो घर का सारा सामान उठाकर बाहर फेंक देंगे। उसने साफ़-साफ़ कहा था कि अगर थोड़ी भी ग़ैरत बची हो तो या तो किराया दे दो या दो तारीख़ तक ख़ुद ही घर ख़ाली करते बनो।

मजीद साहब के ज़ेहन में एक दफ़ा ये ख़याल भी आया था कि वो मिर्ज़ा अमानत और क़ारी मुस्तक़ीम को सारी स्थिति से आगाह कर दें और उनसे कहें कि जश्न पर होने वाले तमाम ख़र्चों के बदले अगर तमाम शागिर्द मिलकर उनके दो महीने का किराया

1. धर्म का ज्ञाता।

अदा कर दें तो शायद वो आने वाली बेइज़्ज़ती के तूफ़ान से बच जाएँ। मगर अगले ही लम्हे उन्हें ख़याल हुआ कि ये किस क़िस्म की बेहूदा बात सोच रहे हैं। क्या उनके घर का किराया अदा करना किसी और की ज़िम्मेदारी है? और ये लोग जो पिछले दो महीनों से इस जश्न की तैयारी कर रहे हैं, जिन्होंने मेहनत से कमाए हुए अपने रुपये मजीद साहब की इज़्ज़त-अफ़ज़ाई के तौर पर ख़र्च किये हैं, उनके सामने अगर हाथ फैलाया जाए तो वो क्या सोचेंगे? तब क्या वो इज़्ज़त से रह सकेंगे? क्या उन्हें नींद आ सकेगी? उन्होंने ग़ौर किया कि क्या कोई ऐसा साहिब-ए-हैसियत शख़्स है जिससे वो क़र्ज़ की कुछ रक़म ले सकें, मगर उन्हें फ़ौरन ही एहसास हो गया कि ऐसे जितने भी लोग थे, उनके एहसानों से वो पहले ही दबे हुए थे। हर एक ने मौक़े-मौक़े पर उनकी मदद की थी, कभी कोई ख़ामोशी से मजीद साहब के हाथ में कुछ रक़म पकड़ा जाता तो कभी कोई उनकी बीवी या बच्चों की मुट्ठी में।

उनके दिमाग़ पर सिर्फ़ यही धुन सवार नहीं थी, उन्हें ये भी फ़िक्र थी कि लाइब्रेरी बन्द होने पर वसीम के यहाँ से वो किताबें भी उठानी हैं। मान लो कि वसीम अपने ही ख़र्च पर उन किताबों को मजीद साहब की बताई हुई जगह पर छोड़ने को तैयार हो भी जाता है तो सवाल ये है कि वो ठिकाना कौन-सा होगा? बनिए का भी क़र्ज़ इस महीने अदा नहीं हुआ था। बड़े बेटे की तनख़्वाह आते ही वो रक़म इस तरफ़ निकल जानी थी, फिर भी अगर इस रक़म को किराए के तौर पर इस्तेमाल करने का फ़ैसला कर लिया जाता तो क्या मलिक की बीवी एक महीने का किराया मिलने पर आसानी से राज़ी हो जाएगी? वो तो जब से इस फ़्लैट में आए हैं, हमेशा ही उन पर एक या दो महीने का किराया चढ़ा ही रहता है। और

वो मान भी गई तो फिर बनिए को कहाँ से पैसा दिया जाएगा और उसे पैसा नहीं दिया जाएगा तो बच्चे खाएँगे क्या?

ग़रज़ उनके सामने दसियों सवाल थे। उन्होंने एक आह भरकर सोचा कि अब इस घर को छोड़ना ही होगा, मगर इसे छोड़कर वो जाएँगे कहाँ। उन्होंने इन फ़िक्रों से बचने के लिए आँखें खोलीं तो देखा कि सामने थाल में कुछ लड्डू रखे हैं, शागिर्द आपस में बैठे बातें कर रहे हैं और एक तरफ़ वो छोटा-सा पैम्फ़लेट रखा है, जिस पर जश्न-ए-मजीद का विवरण दर्ज है। उन्होंने पैम्फ़लेट उठाकर देखा। नस्तालीक़ ख़त में बड़ा-बड़ा 'जश्न-ए-मजीद' लिखा हुआ था। उसके नीचे एक लाइन थी, उन्होंने पढ़ा—"दुनिया-ए-अदब के सबसे बड़े शायर मजीद शाहजहाँपुरी के जश्न-ए-सालगिरह के मौक़े पर।" नीचे मुशायरे में शामिल होनेवाले शायरों के नाम लिखे थे। फिर वक़्त और जगह। जगह के आगे जिस हॉल का नाम लिखा था, उसको दोबारा पढ़ने के बाद मजीद साहब ने एक शागिर्द को चुपके से इशारा किया, वो नज़दीक आया तो उन्होंने सरगोशी में पूछा।

"कितना किराया है इस हॉल का?"

"आठ हज़ार," उसने भी धीमे-से जवाब दिया। मजीद साहब ने गहरी लम्बी साँस छोड़ी। उन्होंने हिसाब लगाया, दो महीने का किराया, बनिए का क़र्ज़ और लाइट-बिल मिलाकर कुछ इतनी ही रक़म होती थी या इससे कुछ कम!

21

नजीब ने तनवीर को बुलाकर एक ख़त उसके हाथ में पकड़ाया। तनवीर ने सवालिया नज़रों से उसे देखा तो नजीब ने हौले से उसका हाथ दबाते हुए कहा,

"शहनाज़ को दे देना।"

तनवीर को अपने कानों पर यक़ीन नहीं आया। उसने दोबारा पूछा, "किसको?"

नजीब ने जवाब दिया, "शहनाज़ को...और हाँ ध्यान रहे, किसी और के हाथ न लगे ये ख़त।"

तनवीर ख़त लेकर बाहर निकल गया। उसकी आँखों के आगे अँधेरा छा गया। भाई साहब, शहनाज़ को पसन्द करते हैं? लेकिन ऐसा कब हुआ? क्यों हुआ? क्या उन्हें मेरी आँखों में शहनाज़ के

लिए जो इश्क़िया चमक है वो कभी दिखाई नहीं दी? लेकिन फिर उसे ख़याल आया कि ख़ुद उसे भी तो भाई साहब की आँखों में झाँकने की फ़ुर्सत नहीं थी। क्या शहनाज़ और भाई साहब के दरमियान मआशक़ा[1] पहले से चल रहा है? क्या वो दोनों एक-दूसरे को पसन्द करते हैं? बिलकुल नहीं! ऐसा होता तो ये बात छुपी नहीं रह सकती थी, ख़ासतौर पर उससे, जोकि हर वक़्त साए की तरह शहनाज़ के आगे-पीछे रहा करता था। मगर फिर ये सब हुआ कैसे? कैसे शहनाज़ भाई साहब की आँखों में चढ़ गई?

वो इस सोच की चोट से बचने के लिए शानदार कॉम्प्लेक्स में लगी एक बेंच पर बैठ गया। बहुत देर तक उसके दिमाग़ में तेज़ हवाएँ रक़्स करती रहीं। उसे महसूस हो रहा था कि उसके साथ कोई अजीब क़िस्म का मज़ाक़ हुआ है। अचानक उसने हिम्मत करके लिफ़ाफ़े को फाड़कर ख़त बाहर निकाला और तेज़ी से पढ़ने लगा। आधा ख़त पढ़कर उससे आगे नहीं पढ़ा गया। उसने वापिस ख़त को लिफ़ाफ़े में रखा। उसे क्या करना चाहिए? क्या वो इस ख़त को किसी नाली में फेंक दे? या कहीं छिपा दे और भाई साहब से कह दे कि उसने ये ख़त शहनाज़ को दे दिया है। नहीं! वो शहनाज़ से ख़त के बारे में पूछ भी सकते हैं। तनवीर की आँखें भीगने लगीं। उसे समझ में नहीं आ रहा था कि इतने दिनों से वो अपने भाई की मुहब्बत पर डाका डालने की कोशिश कर रहा था या उसके हाथ में थमा हुआ ये ख़त उसकी मुहब्बत के मुँह पर उसके भाई का एक ज़ोरदार तमाचा था।

वहीं बैठे-बैठे झुटपुटा हो गया। बिल्डिंग में बनी छोटी-सी मस्जिद से मग़रिब की अज़ान की आवाज़ बुलन्द हुई। उसने देखा बराबर

1. प्रेम।

के दरख़्त पर एक परिंदा अपने परों में सर दिये सो रहा था। क़रीब ही खम्भे पर लगी हुई लाइट फ़र्श पर रोशनी का एक दायरा बनाए हुए थी। इस माहौल में उसके दिल का भारीपन और उभर आया। उसे लगा कि थोड़ी देर और अगर वो यहीं बैठा तो उसके दिमाग़ की नसें फट जाएँगी। उसने घुटनों में सर रख दिया और फफककर रोने लगा। अच्छी तरह रोने के बाद उसने सर उठाया। मस्जिद में जाकर मुँह-हाथ धोया और एक मज़बूत इरादे के साथ नसीम के घर जाने के लिए लिफ़्ट में सवार हो गया।

फ़्लोर पर सन्नाटा था। उसने दरवाज़े की घंटी बजाई...एक बार...दो बार...तीन बार...फिर उसे लगा शायद सब लोग कहीं गए हैं, मगर अन्दर लाइट जल रही थी और वो जानता था कि जब नसीम के घर पर कोई नहीं होता तो घर की कोई भी लाइट रोशन नहीं होती थी। वो लिफ़्ट की तरफ़ पलट ही रहा था कि दरवाज़ा खुला। सरदार ने दरवाज़ा खोला था। तनवीर को देखकर उसके चेहरे पर एक अजीब-सी लहर उठी। उसने बदन पर कुछ नहीं पहना था, नीचे एक सफ़ेद रंग का लोअर था, फ़्लोर पर लगे हुए बल्ब की रोशनी में तनवीर को उसके लोअर की जेब के ऊपर एक गीला धब्बा साफ़ दिखाई दे रहा था। दो मिनट के ठहराव के बाद जब सरदार ने उसे अन्दर आने का रास्ता दिया तो तनवीर समझ चुका था कि वो ग़लत वक़्त पर आया है और इस वक़्त सरदार और नसीम के अलावा शायद घर पर कोई और नहीं है।

वो ड्राइंगरूम में एक सोफ़े पर बैठ गया। सरदार अन्दर जा चुका था। अन्दर से कुछ खुसुर-फुसुर सुनाई दी, और थोड़ी देर बाद तनवीर ने जो देखा, उसे अपनी आँखों पर यक़ीन ही नहीं आया। शहनाज़ एक बड़ी-सी ट्रे में पानी का गिलास रखकर उसके पास

आई। उसने ट्रे को मेज़ पर रखते हुए तनवीर को सलाम किया और सामने बैठ गई। तनवीर ने पूछा, "नसीम आपी कहाँ हैं?" और जवाब में शहनाज़ की आवाज़ उसे दूर से आती हुई महसूस हुई,

"आपी और अम्मी बाज़ार गए हैं, भाई किसी दोस्त के घर हैं। शायद सब लोग आधे घंटे में आ जाएँगे।"

तनवीर ने हाथ में पकड़े हुए लिफ़ाफ़े को जेब में रखा, पानी के दो घूँट पिये और उठ खड़ा हुआ। शहनाज़ ने एक शरारती निगाह उस लिफ़ाफ़े की तरफ़ डालते हुए पूछा,

"वो क्या है? नसीम आपी के लिए है? लाइए मैं दे दूँगी।"

तनवीर कुछ कहे बिना दरवाज़े की तरफ़ गया और दरवाज़ा खोलकर लिफ़्ट के बजाय तेज़ी से सीढ़ियाँ उतरने लगा। पीछे से कोई आवाज़ आई नहीं थी।

22

शाम का चार बजा था कि अचानक चलता हुआ पंखा रुक गया। मजीद साहब की बीवी ड्राइंगरूम में बैठी आटा गूँध रही थीं और सामने उनकी बेटी एक टाँग पर दूसरी टाँग जमाए हिन्दी डाइजेस्ट 'महकता आँचल' की कोई कहानी पढ़ रही थी। मजीद साहब की बीवी ने पंखे की तरफ़ देखकर सोचा, "इस वक़्त तो लाइट कभी नहीं जाती!"

नया नगर में वैसे ही लाइट कम जाती थी। मुम्बई शहर से सटे हुए इस इलाक़े में लोडशेडिंग की कोई समस्या नहीं थी। मजीद साहब घर पर नहीं थे। अगली शाम को जश्न-ए-मजीद मनाया जाना था और इधर यार-दोस्त उन्हें लेकर कभी किसी रेस्तराँ तो कभी किसी चाय-ख़ाने पर बैठे रहा करते थे। ऐसा नहीं था कि घर के

किराए या बनिए के क़र्ज़ की चिन्ता सिर्फ़ मजीद साहब को थी, उनकी बीवी भी जानती थीं कि ये मसअला कितना बड़ा है। मगर शायद इस क़िस्म के मसअलों से वो पहले भी कई बार दो-चार हो चुकी थीं। इसलिए उन्होंने आने वाले कल के डर कुछ ख़ास मौक़ों के लिए छोड़ रखे थे, जिनके लिए वो वक़्त काफ़ी अहम होता, जब वो मजीद साहब की बग़ल में लेटी हुआ करतीं और तरह-तरह के ख़र्चे, क़र्ज़े और परेशानियाँ बताया करतीं और मजीद साहब आँखें बन्द किये उनकी हर बात पर 'हम्म-हम्म' कहा करते। मगर फ़िलहाल तो मजीद साहब का अता-पता नहीं था। ज़रूर इस वक़्त वो अपने शागिर्दों से घिरे हुए होंगे। उनके लायक़ शागिर्द जश्न-ए-मजीद में पढ़ी जाने वाली ग़ज़लें यहाँ तक कि ख़ुद मजीद साहब की नज़्र की जाने वाली नज़्में भी उन्हीं से ठीक करवा रहे होंगे। पिछले दिनों नजीब को उसके एक शागिर्द ने मजीद साहब पर लिखा हुआ क़ितआ[1] सुनाया था, जिसे मजीद साहब की बीवी ने भी सुना था। उसने एक छोटा-सा क़ितआ लिखा था—

वक़्त ने देखे हैं कई मन्सूर[2]
और कई बा-यज़ीद[3] देखे हैं
ऐ ज़माने मगर बता मुझको
तूने कितने मजीद देखे हैं

मजीद साहब की बीवी को इस जीवन में तो सिर्फ़ भाभी, अम्मी, अम्मी-जान से ही हमेशा मुख़ातिब किया जाता रहा था। वो

1. छोटी कविता।
2. मन्सूर-हल्लाज जिन्हें अनल-हक़ कहने पर सूली पर लटका दिया गया।
3. एक प्रसिद्ध सूफ़ी बुज़ुर्ग।

लोग जहाँ-जहाँ रहे थे, हर जगह मजीद साहब की वजह से उन्हें बहुत इज़्ज़त मिली थी। ये अलग बात थी कि मजीद साहब की ज़िन्दगी ग़ुर्बत में बसर होती थी। खाने-कमाने का कोई बन्द-ओ-बस्त कभी ठीक से न रहा था, मगर इसमें कोई शक नहीं था कि उन्हीं की वजह से बेगम साहिबा को लोगों ने हमेशा इज़्ज़त-ओ-एहतिराम से नवाज़ा। मलिक साहब की बीवी जैसे लोग तो दुनिया में बहुत कम हैं। ये चन्द रोज़ के मकान मालिक मजीद साहब की अज़मत को नहीं समझ सकते। मजीद साहब की बीवी को उनकी बीवी होने पर फ़ख़्र महसूस हुआ। उन्हें याद आया कि किस तरह मजीद साहब के शागिर्द उनके भी आगे-पीछे फिरते थे, रास्ते में कहीं सामान लाते देखते तो फ़ौरन उनके हाथों से झोला लपक लेते और घर तक पहुँचाते। जब भी कोई शागिर्द मजीद साहब के लिए कोई तोहफ़ा लाता तो उनकी बीवी को हरगिज़ नज़रअन्दाज़ न करता। उन्होंने मजीद साहब के एक दोस्त से सुना था कि सरस्वती और लक्ष्मी एक साथ एक जगह वास नहीं करतीं और ये बात सच भी है। वो ज़्यादा पढ़ी-लिखी नहीं थीं। मुमकिन था कि वो किसी अमीर आदमी से शादी करतीं और हमेशा गुमनामी में एक राहत की ज़िन्दगी बसर करतीं मगर क्या उन्हें वो एहतिराम से भरी नज़रें, वो सलाम-ओ-आदाब और लोगों से ऐसी मुहब्बत मिल पाती जैसी मजीद साहब की बीवी होने की वजह से मिली है?

वो यही सब सोच रही थीं। आटा गूँधा जा चुका था। पेड़े बन गए थे। उन्होंने सोचा लाइट अगर देर तक के लिए नहीं आई तो अँधेरे में रोटियाँ बनानी मुश्किल होंगी, चुनाँचे अभी इस काम से फ़ारिग़ हो लेना ज़्यादा मुनासिब होगा।

23

नजीब घर लौटा तो उसे मालूम हुआ कि घर पर लाइट नहीं है, जबकि आसपास के सभी घरों में रोशनियाँ हो रही थीं। मजीद साहब घर पर नहीं थे। तनवीर भी कहीं ग़ायब था। बहन, दूसरा भाई और अम्मी एक कमरे में औंधे गिलास पर मोमबत्ती जमाकर बैठे हुए थे। वो समझ गया कि बिजली काटी जा चुकी है। पूरा घर अँधेरे में डूबा हुआ था। वो मुँह-हाथ धोकर उसी कमरे में नीम-दराज़ हो गया। खाने के लिए पूछा गया तो उसने इनकार कर दिया। वो जलती हुई मोमबत्ती को बड़े ग़ौर से देख रहा था, कुछ पतंगे, शम्अ की लौ से उलझने के लिए बार-बार उसकी ओर लपक रहे थे। लौ भी काँपती हुई उनके नन्हे-मुन्ने जिस्मों पर हमला कर रही थी। मगर ऐसा लगता था कि रोशनी के पैरों में

ज़ंजीर बँधी है। उसे एक-दो शागिर्दों का कलाम ठीक करना था, काम ज़रूरी था क्योंकि कल जश्न-ए-मजीद के मौक़े पर उन्हें वो मंज़ूम अक़ीदत-नामे[1] पढ़कर सुनाने थे। चुनाँचे वो एक दराज़ से दो-चार फुल-स्केप निकालकर मोमबत्ती की रोशनी में बैठकर उनके कलाम पर निशान लगाने लगा। अचानक उसने अपनी अम्मी से पूछा।

"किस वक़्त कटी है लाइट?"

"शाम चार बजे के क़रीब," अम्मी के बजाय बहन ने जवाब दिया।

इससे पहले कि वो कोई प्रतिक्रिया देता, अम्मी ने उसके सर पर हाथ रखकर कहा, "परेशान मत हो बेटा कल का जश्न हो जाए, तुम्हारे अब्बा परसों ज़रूर कोई रास्ता निकाल लेंगे।"

नजीब अपनी अम्मी की तरफ़ देखने की हिम्मत नहीं कर पाया।

---

1. ऐसी कविता जिसमें किसी के प्रति श्रद्धा व्यक्त की गई हो।